演說高手都是這樣練的

歐陽立中的40堂魅力演說課

歐陽立中 著

推薦序

不凡

薩提爾教養・親子溝通專家　李儀婷

童年的求學時光裡，最害怕的一件事，就是跟別人不一樣。於是，所有的人都卯足了全力，努力成為「跟別人一樣」的人。努力把功課維持在水平以上，努力把儀容整理到可以讓人一眼看過去，幾乎不可能讓人留下任何特殊印象，就是成功。標新立異，在那個年代，不是被人詬病，就是被人排擠。

我一心一意的努力過著和別人一樣的平凡生活，當時我心裡盤算著，只要小學畢業，就可以順利進入國中，只要稍微努力一點，就可以考上還可以的高中，然後再堅持一會兒，最後一定可以進入一所還不錯的大學，然後我的人生就能盡量地維持在一個水平上，如此我也就能安全地過完這一輩子。維持水平，追求平凡，成了我一輩子的夢想（而且不只我這麼想，連我父親都這麼期望的）。

這個夢想，在我脫離小學進入國中之後，就嚴重打滑偏離軌道。國中時期，我莫名其妙進了名為資優班的班級，資優班，在當時可是了不得的存在，羨煞了多少學生，但資優班只不過是裹著一層糖衣的墳場，外表光鮮，內裡卻腐敗的只有自己聞得到腐臭味。我的成績不只差，而且還差到一個令人不敢靠近的地步，每學期都少不了遭老師白眼，還得天天挨板子伺候，別說同學看不下去，就連我媽都看不下去而離家出走。

當然，我媽是未卜先知，她還沒等我上國中就先離家了。那年代父母親離異的，比被大象踩到還難，所以我注定要成為異類，早已命中注定的事，難怪我怎麼努力，都很難跟別人一樣，因為我天生要注定不凡。

說了一籮筐自己的故事，究竟跟立中這本《演說高手都是這樣練的》到底有啥關聯？別說你搞不清楚，就連我自己也搞不清楚，我不是個擅長表演的人，也不是一個天生演說家，雖然我人生第一次上台演講比賽，從國小一年級就開始了，但那是因為我前面有三個哥哥做鋪陳，他們各個都是演講比賽高手，承蒙哥哥輝煌戰績的庇蔭，導師從此認定虎哥之下無犬妹，所以我一進入小學，立馬被派去參加演講比賽。如今回想起來，那可真是惡夢一場，因為我背稿的能力如天女散花，滿天都是煙花，而我怎麼也掌握不一縷燦爛，只要我往舞台上一站，我就立刻呈現僵呆。

記得初中一次比賽，我足足站在台上僵呆了十分鐘，評審老師彷彿看好戲似的，也不打擾我，讓我支支吾吾在台上直冒汗，我童年創傷可能就是這麼開始的。我的遭遇，比起歐陽立中老師書中提到「熟悉的陌生人」，他談起自己的故事「永遠的第二名」的學習歷程，絕對要慘上好幾個「巴斯光年」吧，他永遠都第二，我則永遠上台僵呆。

為什麼我會來被邀請來寫這本書的推薦，我自己也不明白，畢竟我的專長不是演說，我的專長是親子教養，專以薩提爾模式引導孩子成長，建立親子間的信賴，搭起親子間溝通的天橋。我帶著隔壁航道的身分閱讀這本書，越閱讀就越發覺得演說的奧妙之處，邊看邊拍案，演說竟然和親子溝通的核心精神頗為相通，書裡解析「普仁羅華」的演說，運用了「留白」中讓氣氛飛一會兒，在我提倡的薩提爾教養模式簡直一模一樣，因為面對溝通，「停頓」是非常重要的，一停頓，情緒就會緩和，一緩和，覺察就能湧出，一旦啟動覺察，就能生出面對問題的能量，這之中的「停頓」就是「留白」的力量。我將留白的妙用，轉換為親子溝通的工具，名為「讓問題跑一會兒」（此對話工具收錄於《薩提爾的親子對話》一書），這不就與「普仁羅華」的演說技巧如出一轍！《演說高手都是這樣練的》核心的演說精神與親子溝通的原理如出一轍，我這才明白溝通和演說一樣，從姿態、口語到信念，樣樣都有同樣的講究訣竅，可以是渾然天成的結果，更可以透過精心鋪陳後展現的藝術極品。

這會兒，我想，你已經明白我前面說那麼多童年時光的瑣碎片段是為了什麼吧？過去，我們害怕跟別人一樣，但是越害怕的事，越會降臨在我們頭上，一旦我們遇到不擅長的事卻無法閃躲時，我們該如何克服自己的緊張？

這本書提到一個很重要的關鍵，那就是看清「緊張的力量」，因為「緊張的存在，代表你很在乎」，一旦這麼正向地看待自己的害怕，所有的事都將迎刃而解。但就算克服害怕，也不代表我們能像書裡所有演說高手一樣，成為拔尖的存在呀！沒錯，旁人可能無法成為演說高手，但絕對不會是閱讀此書的你，因為《演說高手都是這樣練的》不僅將高手名單羅列出來，還拆解高手的絕招生成技巧，這代表我們的起點是從巨人的肩膀開始，而我們要做的，就是找到喜歡的高手樣式，然後，刻、意、練、習。

二〇二一東京奧運體操鞍馬銀牌得主「體操王子李智凱」在二〇一六年比賽時，內在充滿恐懼，因而生出敷衍的心態，在在影響著比賽表現。為了讓李智凱能有更多抗壓的練習，教練團從那年起，找了許多圍觀的觀眾，只要李智凱上場練習，圍觀者就在一旁叫囂、尖叫、評點、駐足，為的就是讓李智凱熟悉這樣的環境，讓他「刻意練習」。

李智凱從那年起刻意練習，直到五年後，終於讓他以拿手的「湯馬士迴旋」站上銀牌位置。上台成為演說高手，或者和人談溝通，其實靠的都是刻意練習，不是為了練習和歐普拉一樣，也不是為了成為另一個賈伯斯，而是為了把高手的演說精華，全都打磨成自己獨特的說話方式。

每一個人生來都不一樣，過去老是要向別人看齊，要求和別人一樣的年代已經過時了，如今平凡是不平凡累積而成，因為過去的挫敗與困頓，將會成為我們站上舞台的光，因為我們生來就是與眾不同，值得不凡。

推薦序

歐陽老師的招招見骨

新生代主持人　黃豪平

每次見到歐陽老師，他的熱情跟燦爛的笑容（雖然現在被口罩遮住看不清楚，但從眼神還是感受得到的），總是讓我覺得，有這麼正面的特質，難怪這個人可以吸引如此多的學生追隨！但藏在熱情的外在下，必定還有深厚的內功，讓他能夠成為「爆文作家」！好想偷學啊……咦？這本書是？他自己公布了自己的秘訣？怎麼可能有人這麼慷慨？

四十招「刀刀見骨」的說話殺招，毫不藏私地全盤托出，我從來沒看過這種彷彿降龍十八掌的超級工具書，將動人演說的各種招式徹底拆解剖析！如果你有上台演說的需求，這本書放在枕邊，想到就翻，隨便翻開一頁，若能使用得宜，都是在聽眾心中加分的關鍵。本書最讓我吃驚的，是台灣鮮少有作家分析網路綜藝節目《奇葩說》的選手辯論，作為曾經在《奇葩說》第三季見過「神仙打架」的選手，我很驚喜有人終於發現了這些妖魔鬼怪如何讓語言昇華的秘訣，濃縮整理後打散在各章當中……你覺得辯論跟演說無關？不，辯論的核心，在於說服觀眾而非說服對手，如果你是個優秀的辯手，你自然有可能成為優秀的演說家……

但在分析見骨的辯手險招之餘，歐陽老師也不忘推廣以柔克剛，教你如何在攻破他們的心牆後，打動聽眾讓他們為你癡狂。面向多元的說話攻略、多年經驗的累積精鍊，這本書適合所有想要公開說話的人，就算不是演說，也可以幫助你打造一段打動夥伴的激勵演說，甚至是說服自己枕邊人「碗應該誰去洗」都有機會……這本書的每一招，招招見骨，哪怕只是精通一招，你也能站在歐陽老師的肩膀上，瞥見說話藝術的博大精深！

作者序

別只仰望群星，你也能在夜空閃耀

說起「演說」，你會想起什麼呢？我想絕大多數人，想起了學生時代。每個學年，老師在講台上問同學：「有沒有人要參加演說比賽？」然後得到空氣凝結的答覆。全班同學總很有默契地，在這一刻維持最高品質：靜悄悄。演說對於大多數的人而言，就是這麼避之惟恐不及的存在。

但在《好好說話》裡有一句話讓我有共鳴，它是這麼說的：「一直以來，我們以『聽話』的方式被教育，卻又以『說話』的方式被考核。」這話說得太精闢了。你可以不參加演說比賽、可以不主動發言、可以默默當個聽眾就好。但你終究得面對「表達學分」：

你到公司面試，主管請你做自我介紹；向客戶提案，你絞盡腦汁想如何說服對方；團隊士氣低落，你想說點什麼激勵大家；你的專業有目共睹，別人邀約你演說分享，你想著要怎麼說大家才聽得懂……

有太多人不但拿不到表達學分，還直接被死當，錯過許多大好機會。關於演說，我一直是這麼認為的：「你不用成為演說冠軍，但至少要成為敢站上台說話的那一個！」因為人生很多時候，不是比誰比較行，而是比誰比較敢。

說到這裡，我相信原本從不主動開口的你，開始有了站上台的念頭。很好，這是最重要的一步。因為我可以教你一切演說技巧，但只有勇氣我教不了你。接下來容易多了，因為你只要讀完《演說高手都是這樣練的》，並照著我給你的方法去練，相信你一站上台開講，就可以打趴百分之八十的人。

聊聊這本書怎麼來的吧！我一直很想寫一本跟演說有關的書，因為我發現演說很重要，但市面上談演說的書很少，就算有多半也是在談ＴＥＤ演講，當然書裡內容也很豐富。不過我在想的是，如果能因應不同類型演說，也提供更多國內演說高手的案例，更能符合台灣人的需求。但這念頭只是放在心裡，一直還沒真正落實。直到兩個契機出現……

第一個契機是我的人生導師許榮哲，邀請我在他的粉專寫一系列的演說課文章，並由簡報高手 Allan 製圖刊登。於是我在網路上看了大量的演說影片，從中挑選出最精采的演說，再反覆看好幾遍，並且做了滿滿的筆記和分析，最後寫成文章。每次寫完，都是氣力放盡，但看見大家熱烈的回響，我發現做這件事非常有意義。因此在這本書裡，你會看到各種特色演說的演說高手，像是歐巴馬的「借位敘事」、朱為民醫生的「細節敘事」、歐普拉的「春泥法則」、博恩的「幽默設計」、火星爺爺的「新角度切入」等。特別感謝榮哲的鼓勵，以及 Allan 的幫忙，讓我近距離看這些演說高手變魔術。我認為，練好演說的第一個關鍵就是：「聆聽高手演說，分析高手技巧，模仿高手特色」。

你可以有自己的風格，但千萬不要被任何一種演說框架給限制。我印象很深刻的是，當年我參加中廣主辦的「演說家擂台賽」，打到準決賽時，我準備非常充分，自信滿滿在台上開講。最後評審告訴我：「你內容不錯，但演說方式太匠氣了！」我聽到當下有點錯愕，想說為什麼說我匠氣呢？後來我仔細思考，發現原來自己學生時代練的是國語演說，養成一種演說腔。但中廣的評審們，標榜的是自然說話，我的演說在他們耳裡就成為一種刻意。這件事讓我理解到，風格雖然沒有對錯，但如果可以，你可以保有八成風格，另外兩成嘗試內化新的風格。後來，我在決賽時，仍保持八成的自我風格，暢談過去我參加演說、相聲、辯論的故事；而另外兩成，我嘗試用自然說話的新風格。結果你知道嗎？評審看見我的蛻變，也理解我匠氣背後的原因。最後我得到了全台演說冠軍的殊榮！

第二個契機是因為看了台灣的演說表達選秀節目《誰語爭鋒》，這檔節目是由四位演說高手謝文憲老師、許皓宜老師、劉宥彤老師、郎祖筠老師，帶領一群素人演說好手，展開激烈的演說競賽。當初看到《誰語爭鋒》時，我內心非常激動。因為我在寫演說課文章時，在網路上看到的演說影片，多半是出自於對岸的演說節目，像是《奇葩說》、《超級演說家》、《我是演說家》等。台灣有這麼多厲害的演說高手，如果有一個節目舞台，讓他們發光發熱，也讓觀眾有機會學習表達，那該有多好？《誰語爭鋒》實現了這個願景，我自然也成為它的忠實觀眾。

在看《誰語爭鋒》時，我發現節目賽制很有意思，每一集製作單位都設定不同的演說情境，像是有「城市創意行銷」、「幽默力演說」、「辯論賽」等，參賽者必須針對不同情境，調整自己的表達方式。這給我一個很重要的啟發，那就是：「好的演說，是一種綜合搏鬥，你要讓聽眾感動落淚，也要讓聽眾捧腹大笑，更要讓聽眾滿載而歸。」因此在這本書裡，你會看到我把演說分成五大類型：感動型、幽默型、說服型、激勵型、知識型，每個類型各談三個關鍵技巧，以及數篇經典演說拆解。我認為，只要你具備這五大類型的演說技巧，絕對能在多數場合應對自如。特別感謝台灣最優質的演說表達節目《誰語爭鋒》給我的寫作靈感。

最後要特別感謝平安文化的總編輯榶甄，在演說類著作還未大行其道時，就邀請我寫《演說高手都是這樣練的》，這樣的遠見和膽識讓我深深佩服！我也用盡全力寫出這本別開生面的演說課，你不用擔心自己聲音不好聽、不用擔心自己說話很無聊、也不用擔心自己沒比過演說。因為我這本書就是為你而寫，只要你願意翻開它，一篇一篇讀下去，照著我給你的方法練習、欣賞演說高手們的風采，並且勇敢站上台說話。

是的，別只顧著仰望群星，練好演說，你也能在夜空中閃耀！

目錄

CHAPTER 1

感動型演說

你說得很有道理，但就差一份感動

CHAPTER 2

幽默型演說

聽眾喜歡的是，讓他們笑的講者

CHAPTER 3

說服型演說

你還在用盡力氣做無效說服嗎？

CHAPTER 4

激勵型演說

看到聽眾心中的火種沒？點燃它！

CHAPTER 5

知識型演說

讓聽眾滿載而歸，是你的義務

CHAPTER

6

非語言表達的演說奇招

CHAPTER 1

感動型演說

你說得很有道理，但就差一份感動

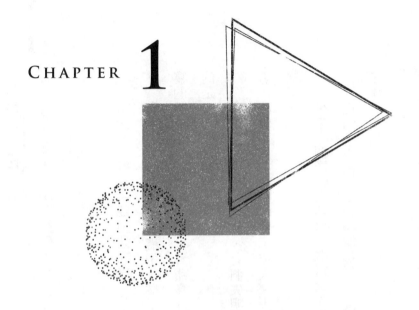

▼1

三橋搭拆法

你沒讓聽眾笑，就別奢望他們哭

為什麼你得會「感動型表達」？先來講兩個小故事，讓你感受一下。

有個老太太在路邊賣橘子，橘子旁放了個宣傳紙板。一般來說，上面寫的不外乎是：橘子超甜、鮮甜多汁、不甜免錢……但老太太的紙板上寫的是：「甜過初戀」。

另一個故事是這樣的，有個失明的老先生在路邊乞討，他的紙板上寫著：我看不見，請幫幫我。但人來人往，卻沒人因此停下腳步，更別說施捨了。

後來一個廣告人經過，他幫老先生把紙板重新改寫了一下。

這回，不得了，鏗鏗鏘鏘！硬幣一個又一個投進來，那是同情心的聲音。

紙板上寫了四個字：「這真是美好的一天，而我卻看不見。」

好，讀到這裡，請你停下來十秒鐘，回想一下這個畫面。感受一下「甜過初戀」和「這真是美好的一天，而我卻看不見」這兩句話，分別給了你什麼樣的畫面和感覺？

這就是你為什麼需要會「感動型表達」的原因了。因為真正能使人們行動的，不是道理，而是感動。偏偏，「感動型表達」是最難的。不信，你回想看看，你聽演講笑和哭的次數，哪一個比較多？一定是笑對吧！

你並不是沒聽過感動的演講，但你會發現自己就是感動不起來。其實，不是你的問題，而是大多數感動型表達，都會犯下三種錯誤：

1. 一心想讓聽眾哭
2. 一開始就想賣慘
3. 一直用大量情緒詞

你想想看，如果這樣會讓聽眾感動，那麼最賺人熱淚的應該是「八點檔連戲劇」對吧！但顯然不是嘛！

「感動型表達」的關鍵，不在如何讓聽眾悲傷地哭，而在如何讓聽眾先輕鬆地笑，我把這套技巧叫做「三橋搭拆法」。第一步是「搭橋」，搭起你和聽眾往來方便的橋。最好的方式就是講一段，有趣又有共鳴的小事。重點就是要輕鬆，因為刻意想感動是會讓人有戒心的。

像是我聽過最感動的演講，是馬克．梅羅的《愛要及時》，他的開場是這麼說的：我媽總會來參加我的運動會，我在進行美式足球比賽時，我媽一定會站在球場邊，當場上球員往同一個方向跑時，我媽會邊跑邊叫說：「馬克，站起來、起來！」

我的反應是：「天啊！真丟臉。」

隊友問我說：「馬克，那是你老媽？」

我說：「不是，這輩子我從沒見過她。」

這就是「搭橋」，你和聽眾本來各是孤島，因為這個輕鬆有趣的故事，而讓你們有了連結。

第二步是「斷橋」，你要讓這座好不容易搭起的橋，猝不及防地斷裂，讓聽眾心中產生強大落差。

來，我們接著看馬克·梅羅怎麼斷橋。

他先提到自己交了壞朋友，玩到凌晨才回家，媽媽整夜沒睡，在家等他。

媽媽對他說：「馬克，我整晚都沒見到你。拜託讓我跟你說句話。」

我說：「天啊！離我遠點，煩死了。」

我在她面前用力關上了門。

從這裡開始，衝突讓橋產生了裂縫。

馬克·梅羅接著說：「就在我去海外巡迴，在日本進行摔角比賽時，比賽後，我進了旅館房間，倒頭就睡。凌晨三點鐘，我房門傳來敲門聲，是一個日本籍的主辦人。他告訴我：『你快打電話回家，家裡有急事。』

我拿起電話打回美國，『嘿，發生什麼事了？』

『馬克，我不知道該怎麼跟你說。』

『你就直接跟我說吧！』

他開始哭了，說：『馬克，我開不了口。』

我說：『直接說吧！』

他說：『馬克，你媽走了。』」

你有沒有發現，這斷橋來得又快又急，絲毫沒讓聽眾作任何心理準備。

第三步是「念橋」，你得帶著聽眾感受原先聯繫你們之間的橋，如今已經不在。

馬克．梅羅是這麼做的：「我走在日本廣島市的大街上，我記得我抬起頭看著天空說著：『媽媽，我非常非常抱歉。』

我趕回家參加葬禮，我太緊張不敢靠近棺木，所以站在後面等著，我遠遠地看著，腦海裡不斷想著：『媽，拜託妳醒來，快起來。』

最後我鼓起勇氣，向她走過去，當我走得更近時，那是我第一次認真地看著媽媽。

她好漂亮，一身純潔白衣，她就像天使一樣。」

說到這裡，全場聽眾頻頻拭淚。

因為他們曾因馬克·梅羅母親的浮誇而笑；也曾因她的擔憂而揪心；最後當然也會因她的離世而哭。

這就是感動型演說的基本架構：先「搭橋」、再「斷橋」、後「念橋」。

記住，千萬別想著要感動別人，因為那往往最後只是自我感動。

你沒讓聽眾先笑，就別奢望他們哭，同喜同悲，才是屬於你們的江湖義氣。

2 萬物有情法

你別哭，讓天地去哭！

我常到各地演講，有次分享的主題叫「成為孩子背後的那道光」。

我跟聽眾聊起自己高中的求學歷程：「我高中本來讀三類組，國英數物化生史地公全包，本來想說這樣進可攻、退可守。但沒想到卻是進退兩難。因為只要是物理、化學課，我就會自動進入休眠模式，成績當然慘不忍睹。但很奇怪，換作是國文、歷史課，我的腎上腺素就會噴發，聽得意猶未盡。

當時班導早已耳聞我的『睡績』，不過她特別注意到，只要我站上台說話，就是全班的焦點。

有一天，班導找我在走廊談話。她告訴我說：『歐陽，你念三類組太可惜了。你能說能寫，如果轉到一類組，一定能發光發熱。』

我成績雖差，但自尊心卻很高，當下我立刻回班導說：『老師，妳是不是瞧不起我？』

午後的天氣很悶，天空很暗，雨要下不下。沒想到，班導面對我的言語頂撞，不但沒生氣，還心平氣和地說：『不是的，我只是覺得要把圓的硬是放進方的，那太辛苦了。』

班導是數學老師，連比喻都如此數學。最後，我被班導說服了，決定轉到一類組。

沒想到，我那原本荒蕪的人生，竟然下起了一場雨。

我考上師大國文系、研究所攻讀台大中文所，最後成為高中教師，還不小心多出暢銷作家的身分。

大雨落下，天空澄明，萬物滋長，是班導為我帶來了這場雨。各位，縱使生命一片乾涸，相信我，那場雨，終究會來的。」

不誇張，當時有聽眾紅了眼眶。她可能想起自己的求學歷程，也可能想起和孩子的衝突。

是我說的故事特別動人嗎？這不過就是轉組的故事，但我技巧性地，在演說裡面添了一味，那就是「萬物有情法」。

這個方法就是，把「情緒」和「動作」鎖住不講，然後轉而去描述一段「景物」。

簡單來說，就是用景物，呈現出你的情緒。

你注意到沒有，我不說咬牙切齒、氣急敗壞；反而說天氣很悶，天空很暗，雨要下不下。我不說班導拯救了我，反而說她為我下了一場雨。

這就是表達的巧勁，你有情緒沒什麼了不起，但如果聽眾能感受到連景物都因你而起了波瀾，那麼你再平凡的小事都擲地有聲。

這在文學手法十分常見，不信你看，人家歐陽脩形容難過，不說悲憤欲絕、黯然傷神，而說「淚眼問花花不語」。

你難過到問花老天為何這樣，連花都無言以對。當然，如果花會回答你那才可怕。

但萬物有情法厲害的地方，就在於讓聽眾避開理性，與你同情共感。

感動型表達難的地方在於聽眾會預測你的情節。比方你起了個故事的頭，提到小時候奶奶對你多麼好。此時聽眾就會預測，你接下來的故事發展，不是奶奶失智、就是奶奶過世，你很難逃出聽眾的預測。一旦你被聽眾猜中，感動立刻蕩然無存，取而代之的是「我就知道」的自豪感。

萬物有情法的高明之處，就在避開「以悲為美」的選材，轉而為你想說的事「加工潤色」。

至今我聽過，真的讓我感動的演講不多。但有次聽到黃執中的演講，還真的讓我鼻酸掉淚。

那是一場辯論賽，辯題是「別人認為你是靠關係升遷的，要不要澄清？」。黃執中是站在「要澄清」的一方。請注意，他是這麼說的：「大家都有聽過《竇娥冤》的故事。竇娥她夠冤了吧？

她說：『老天你開開眼啊！』

可是，老天能改變人世間的一切嗎？

不行。

老天說：『我給妳下一場六月雪吧……我給妳下一場六月雪吧……』

人生在世、波濤難定、有口難言、清白難申。可是你說出來，我給你下一場潔白的雪，把你心裡的淒屈，暫時遮住。有沒有用？有用的。」

你發現沒有，竇娥冤是個老故事，但黃執中利用「萬物有情法」，不從竇娥發毒誓的角度切入，而由老天主動降雪的角度琢磨。

這場雪，已經不是理性層面的水蒸氣結成冰晶，而是感性層面的溫暖撫慰。

記住，要讓聽眾感動，不見得非要悲壯的人生。讓景物幫你一把，聽眾眼淚就會不爭氣落下。

▼3 五感同步法

不用戴VR眼鏡，也能身歷其境

美國卡內基美倫大學，曾做過一個有意思的實驗。他們先付給每個參與者五美元，並請他們填一份問卷。然而，這個問卷只是幌子。重點在後面，當他們填完問卷，會同時拿到一封慈善募款信，邀請他們捐一點錢給兒童慈善機構。

有趣的來了，這個募款信有兩個版本：

第一個版本：尚比亞的乾旱導致玉米產量下跌百分之四十三，估計約三百萬尚比亞國民面臨饑荒。

第二個版本：您的全部捐款將轉交羅奇亞，羅奇亞是非洲馬利的一個七歲小女孩。她的生活極度貧困，隨時可能會餓死。您的傾囊相助將改善她的生活。

請問如果是你，手上有五美元，捐款金額不拘，請問你會捐給哪個版本？捐多少？

實驗結果出來了，讀到第一個版本的人平均捐一．四美元；讀到第二個版本的平均捐二．三八美元。

你有沒有發現哪裡怪怪的？明明第一個版本受難人數這麼多，但人們普遍對第二個版本顯然更有共鳴。

因為第一個版本是「統計數據」，真實可信，但你感受不到畫面；而第二個版本是「故事畫面」，具體有感，你彷彿看到骨瘦如柴的羅奇亞在你面前，伸手呼救。

對，引發人們情感的，從來不是數據的大小，而是畫面的深刻程度。

在我培訓學員演說的過程中，我發現多數人的問題在於，忙著推動故事情節，滔滔不絕講著自己的豐功偉業，就像開了四倍速快播人生。但真正厲害的演說高手，他會聚焦一件事，然後按下慢速鍵，帶聽眾來場太空漫步。

這招就是感動型表達的「五感同步」。

要讓聽眾有感，最重要的就是刺激他們的感官，而人的感官有五種，分別是視覺、聽覺、嗅覺、味覺、觸覺。因此當我在設計表達內容時，會盡可能地在「關鍵畫面」描述五感，調動聽眾全身的感官。

1.視覺：你看到什麼？可以是衝擊性的畫面，強化衝突；也可以是有景色，深化意境。

2.聽覺：你聽到什麼？可以是「關鍵對話」，一錘定音；也可以是心跳聲，表現緊張；或者是一首歌，襯托故事情境。

3.嗅覺：嗅覺是讓聽眾沉浸在故事場景的關鍵，但很多人都忽略了。你只需要在描述場景時，帶出那個場景最熟悉的味道，就能讓聽眾瞬間入境。

4.味覺：味覺在五感中用的次數較少，除非你是在介紹美食。但你可以用味覺比喻心情。描述有多幸福，像馬卡龍入口的甜蜜；有多難過，像咖啡入口的苦澀。

5. 觸覺：觸覺分成外在和內在，外在指你用手去摸，比方摸到媽媽粗糙的手，那是經年累月的付出；內在指你的心裡感受，比方你說聽到好朋友背叛我，我的心像是被針狠狠扎了一下。

在明白「五感同步」以後，先別急著用，我要帶你先開啟「五感雷達」，看看那些表達高手是怎麼說的。因為在你還不知道五感法之前，你只是感動，卻不知道為何會感動。但當你開啟五感雷達後，你會有意識地覺察表達高手的「五感同步」，那就是一大進步啊！

首先，推薦你看朱為民醫生的TED演講：「預立醫療決定　為自己的生命做主」，他是安寧病房的醫生，陪伴超過五百位臨終病患和家屬。這篇演講談的是為什麼要預先立定醫療決定。他提到有次爸爸因為跌倒而腦出血，情況不樂觀，醫生問母親要繼續治療嗎？母親則問朱為民該怎麼辦。好，注意喔！你看為民醫生這裡怎麼說：「那一刻，我記得很清楚，隔壁很吵【聽覺】，急診室的病人正在接受急救【視覺】，空氣彌漫著燒焦味【嗅覺】，心跳監視器不斷發出逼—逼—逼的聲音【聽覺】。當時，我作了一個至今都後悔的決定，我回她說：『媽，我不知道，妳決定吧！』」

聽到這段描述，你彷彿身處急診室，因為他用了視覺（正在急救）、嗅覺（燒焦味）、聽覺（逼—逼—逼）等五感勾住你，在你腦內重建當時的畫面，讓你與講者共感。

再來，還有一場經典演講叫「我有一個夢」，你大喊：「馬丁．路德．金恩！」沒錯！金恩博士為黑人爭取平權，而這場演講感動全世界，永垂不朽。請你用五感雷達，分析一下金恩博士怎麼打動人心的：「我夢想有一天，這個國家會站立起來【視覺】，真正實現其信條的真諦：『我們認為這些真理是不言而喻的：人人生而平等。』

我夢想有一天，在喬治亞的紅山上【視覺】，昔日奴隸的兒子將能夠和昔日奴隸主的兒子坐在一起【視覺】，共敘兄弟情誼【聽覺】。

我夢想有一天，甚至連密西西比州這個正義匿跡，壓迫成風【觸覺】，如同沙漠般的地方，也將變成自由和正義的綠洲【視覺】。」

金恩博士口裡說的夢想，聽在你耳裡，早已成為有感的畫面、最明媚的風景。這就是「五感同步」的強大威力！

最後，換你來試一試吧！要練習「五感同步」最好的方法，就是從你人生中，找一個「情緒峰谷」，也就是你最得意，或是最失意的時刻。回到那當下，用五感把那一刻雕塑成形。

給你一個題目練習：請你用「五感同步法」，描述你找工作，得知被公司錄取而狂喜的畫面吧！自己練習看看，先別往下看，等你練完了，再參考我的表達示範。

如果是我，我會這麼說：「看見錄取通知那一剎那，我的眼淚在眼眶裡打轉【視覺】。此時，餐廳裡正播著五月天的〈倔強〉這首歌【聽覺】。我這才發現，襯衫都濕透了，而我已經習慣這種奔波的汗味【嗅覺】。隨即，我點了一份排骨飯，現在，我終於能慢慢品味它的酥軟【味覺】。我再摸著陪我四處征戰的公事包，上頭早已布滿裂痕【觸覺】。」

回過頭再看看慈善募款信實驗，現在你終於清楚知道，打動人心的秘訣是什麼了吧？所以，你是要繼續給統計數據？還是換個方式，說說小女孩羅奇亞的故事？噢，別忘了，現在你會「五感同步」了，如果讓你再多說一點，你會怎麼描述小女孩羅奇亞呢？我相信，你說完了，他們的五美元也全捐了！

▼4 歐普拉金球獎獲獎演說

用「春泥法則」引爆聽眾淚腺

如果你只能看一場演說，絕對就是歐普拉金球獎獲獎演說。不誇張，我聽完後，全身起雞皮疙瘩，好強、真的好強，後勁更強。

二〇一八年金球獎，歐普拉獲頒終身成就獎。照慣例，得獎者都要上台演說。

因為她是歐普拉，全球屏息以待。

歐普拉最恐怖的地方在於，她總能超越你的期待。

歐普拉這場演說，竟讓全場的巨星們起身鼓掌，更厲害的是，在座許多人淚腺潰堤。甚至有個傳聞，在這場演說後，歐普拉的聲望來到顛峰，傳出有人鼓吹她出來選美國總統。

到底是怎樣的致詞演說，竟然有這樣的穿透力呢？

其實，這是一場為黑人女權發聲的演說。只是，歐普拉說故事的功力太強大了。

我把它稱之為「春泥法則」。

春泥法則：抓住世代傳承的軸線

請你一定要看開場兩分鐘，歐普拉一開始就講了一個故事，這個故事很厲害，簡直可以做為說故事範本。

我們先來看看她怎麼說的：「一九六四年，我還是個小女孩，坐在家裡的塑膠地板上，看著安妮頒發奧斯卡最佳男主角獎。她打開信封，說出締造歷史的幾個字：得獎的是，薛尼．鮑迪。他是我印象中最優雅的男士，我記得他打著白色領帶，然而他的膚色是黑的。我從未見過黑人受到如此表揚。」

「一九八二年，薛尼獲得終身成就獎，就是在這裡，金球獎的頒獎典禮上。我永遠記得，此刻，也有許多小女孩，看著我成為首位獲得同獎的黑人女性。」

這段故事厲害在哪？你發現了嗎？

歐普拉在短短的故事中，就開展出三個世代，兩個歷史點。三個世代分別為：薛尼、歐普拉、小女孩們；兩個歷史點則是：首位黑人獲獎、首位黑人女性獲獎。

歐普拉用「傳承」串起這些片段，小女孩看著歐普拉，就如同當年歐普拉看著薛尼。

我把這個故事技巧稱為「春泥法則」，概念取自龔自珍的詩句：「落紅不是無情物，化作春泥更護花。」

花朵落下來，從來不是結束，而是化成春泥，滋養下個花季。

從說故事的角度來看，藉由塑造二到三個世代，前者奮戰，不論成敗，化為春泥，鼓舞後者繼續突圍，直到掙脫枷鎖。

讓我們再看歐普拉演說後半段的故事：「還有另一個人，叫做瑞希·

泰勒，一九四四年，泰勒還是個年輕的妻子，有天，她回家途中，被六個武裝白人綁架、強暴，最後被丟在路邊，眼睛還被蒙著。」

「有個年輕調查員，叫做羅莎．帕克斯，負責調查此案，與泰勒一起尋求正義。

但在那個種族隔離的年代，正義根本不是選項。那些毀掉她的男人從未被起訴。

泰勒在十天前過世，在她九十八歲後的生日不久。」

「在她受難將近十一年後，羅莎決定在蒙哥馬利那班公車上，堅持自己的入座權，不再讓座給白人。」

受害者泰勒是那朵被暴雨摧殘的花，化作春泥，促使羅莎踏出，反抗種族隔離的關鍵一步。

這就是「春泥法則」的力量，一個人的奮鬥故事也許精采，但一群人推動時代巨輪的故事，更令人熱淚盈眶。

催淚故事，源自內心的傷痕

你也許會感到奇怪，歐普拉是美國億萬富豪，又得到終身成就獎，名利雙收。為什麼特別要講一個受暴婦女的故事？

因為這故事裡，有她的影子。

歐普拉在九歲的時候，遭母親的同居友人和親戚性侵，留下非常深的陰影，也讓她開始自暴自棄。更慘的是，在她十四歲那年，歐普拉和男友生了一個孩子，但沒幾天就夭折了。

抽菸、吸毒、喝酒，原本是歐普拉故事的結局。但後來歐普拉的親生父親帶回了她，改變了她的命運，在父親的嚴格要求下，歐普拉重新步上正軌，奮力學習。

歐普拉的故事結局你知道了，她成為美國脫口秀女王，有了自己的製片公司，入選《時代》雜誌百大人物，並榮登富豪榜。

只是，再多的榮耀和光環，也無法讓心中的那道傷口癒合。

於是，歐普拉選擇在金球獎的舞台，說出賺人熱淚的故事，化作春泥，為下一個盛開的花季。

就如同歐普拉在演說裡所說：「我訪問過或飾演過，曾經受到最嚴厲折磨的人，他們有個共同特質，那就是：即使身處最黑暗的夜晚，仍對更明亮的晨光懷抱希望。」

終身成就獎對她而言，其實是錦上添花了。

因為透過這場演講，她早已贏得全世界的尊敬。

▼5 歐巴馬勝選演說

地表最強「借位敘事」

學演說，有個簡單的方法，就是從「模仿」開始。找一個你覺得很會講的人，看他的演說影片，然後不斷定格，就像學舌鳥一樣，模仿他說的每一句話，學他的神情，學他的手勢，學他的節奏，學他的演說內容。模仿個八成像之後，再找下一個講者模仿。

「當你模仿一個人，只是模仿；但當你模仿一百個人，就會形成你的風格。」

那麼，你一定會問，該從誰模仿起比較好呢？

我的答案是：歐巴馬。他絕對是地表上最能講的前三名。

不管是演說的節奏、用詞的拿捏、情緒的渲染，總是那麼精準到位，他的口才為他的勝選打下一劑強心針。

歐巴馬有許多經典演說，我特別推薦你看他的「勝選之夜演說」。因為，裡面有一招必學，叫做說故事的「借位敘事」。

什麼是「借位敘事」？

簡單來說，就是你想傳達給聽眾的事，不要你來說，而是找個人來當「代言體」。

歐巴馬說了一個小人物安妮的故事：「這場選舉創造許多第一次和故事，可以流傳後世。但我今晚特別記得的，是一位住在亞特蘭大的女士安妮，她和數百萬耐心排隊投票的選民一樣，唯一的不同之處是，安妮已經一〇六歲了。」

注意這段敘事方法，處處埋藏懸念。

一開始，你只知道有個人叫安妮，再來，你知道她跟大家一樣都去投票，最後，歐巴馬才告訴你，她已經一〇六歲了。

你想想看，如果歐巴馬是這樣說：「有一個住在亞特蘭大，已經一〇六歲的老太太安妮……」你還會感受到相同的震撼嗎？不會吧！因為毫無懸念。

借她的人生，說你的故事

歐巴馬借了安妮一〇六歲的人生，說了一個動人的故事。

一〇六歲，代表的是什麼？是一個世紀的見證與回憶。所以接著，歐巴馬就要借安妮的五感，一步步入你的心、撼你的魂。

「她出身的時代，才剛結束蓄奴，而像她這樣的人是沒有投票權的，原因有二：第一，她是女人，第二，她的膚色不對。」

「但就在今晚，我想到她在美國這百年人生的閱歷：傷心和希望、掙扎和進步；那些被告知做不到的人，和那些抱著信念奮勇向前的人。」

看見了嗎？安妮的人生，其實就是一段美國史。

短短的兩段敘事，卻包含了戲劇兩大元素：「阻礙」和「突圍」。阻礙安妮的是「性別」和「種族」，但就在這個勝選之夜，安妮終於突圍成功，掙脫命運的枷鎖。因為她投了歐巴馬，而歐巴馬帶著她的希望勝選了！

這就是歐巴馬的故事意圖，巧妙地把自己的勝選和安妮的人生，合而為一。

借她的五感，讓聽眾走心

光是這樣還不夠，歐巴馬最聰明的一點，在於把自己抽離，借安妮的五感來見證一切。

「身處女性聲音受壓制、希望被漠視的時代，她這一生親眼看到女性站起來，表達心聲，並爭取到投票權。是的，我們做得到。」

「大蕭條席捲美國全境之際，她目睹一個國家以新政、新的工作機會，克服了恐懼。是的，我們做得到。」

「她目睹種族歧視的巴士抗爭，目睹示威的鎮暴水柱，她親耳聽到亞特蘭大的一位牧師說『我們終將獲勝』。是的，我們做得到。」

安妮看到、聽到、感覺到，歐巴馬不只借走安妮的故事，還要借她的五感，給你畫面、給你情境，讓你感同身受。

為什麼歐巴馬不說自己的故事呢？很簡單，因為比起一位剛選上意氣風發的總統，這位歷經美國種種苦難和堅毅的老婦人故事，更能讓聽眾走心。

這就是「借位敘事」的強大威力，自己說，難免有老王賣瓜，自賣自誇之嫌，但是當你找到好的代言人，借她的五感、借她的人生，巧妙地嵌進聽眾的心，接著，你會發現，他們因她的故事而感動，因你的魅力而懾服。

▼6 朱為民醫師 TED 演說

為什麼會流淚？細節，是我加了細節

「請大家跟我一起走進急診室門口，想像一個你心愛的人，也許是另一半、父母正在裡面，你焦急地等待，門一開，醫師走了出來，跟你說：『你有沒有想過拔管，讓他舒服地走？』」

那瞬間，全場聽眾一愣，我們知道要面對死亡，但要我們決定親人的死亡，何其沉重？

這是朱為民醫生的TED演講的開場，簡單幾句話，就把聽眾拉近生死的交界。

你想起了親人，想到了離別的那一天，竟然淚流滿面。

「為什麼會流淚？」你問。

「是細節，是我加了細節。」朱為民醫生會這麼告訴你。

細節，是演說中最厲害的絕招，加了，聽眾就會刻骨銘心。他怎麼用細節勾住你呢？跟著我一探究竟吧！

一、感官細節

人是可以透過語言來想像事物的，就像是我跟你說酸梅，你想到就會分泌口水。

同樣地，厲害的演講者會善用「感官細節」重現畫面，投影在你的腦中，讓你與他產生共感。

怎麼做呢？給你一個公式：情感（喜怒哀樂）＋五感（視聽嗅味觸覺）。你先設定故事的情感，再試著用五感各想一個描述，絕對比你平鋪直敘來得生動。

我們來看看朱為民醫生怎麼說故事。他提到，有一次爸爸因為跌倒而腦出血，情況不樂觀，醫生問母親要繼續治療嗎？母親則問朱為民該怎麼辦？

好，注意喔！你看講者這裡怎麼說：「那一刻，我記得很清楚，隔壁很吵，急診室的病人正在接受急救，空氣彌漫著燒焦味，心跳監視器不斷發出逼—逼—逼的聲音。當時，我作了一個至今都後悔的決定，我回她說：『媽，我不知道，妳決定吧！』」

看完這段文字，你一定腦內都是急診室吧！因為他用了視覺（正在急救）、嗅覺（燒焦味）、聽覺（逼—逼—逼）等感官細節勾住了你，在你腦內重建當時的畫面，讓你與講者共感。

二、道具細節

朱為民當了七年安寧緩和專科醫生，陪伴了五百多位病患走過人生的最後一程。

他發現，當人的生命走到盡頭，最痛苦不是死亡，而是不能為自己的生命做主。

明明知道沒救了，醫療措施只是延緩死亡，但家人捨不得你，希望院方持續搶救，你在病床上承受痛苦，看著焦慮的家人，卻無能為力，這樣活得有尊嚴嗎？

朱醫師告訴聽眾「預立醫療決定」，才能真正地為生命做主。

故事接著說下去：「後來父親出院，有一天我下班回家，我看見餐桌上，擺著兩張醫療抉擇意願書，我媽含著淚水告訴我，她不希望有天她和爸要走了，還要兒子為她受心裡的苦；她想要瀟灑地走，她只希望兒子過得很好。」

接著，朱醫生從口袋中拿出東西，那是兩張紙，他說：「這兩張是我父母簽署的醫療抉擇意願書。」

那瞬間，你感受到什麼？是不是感覺從故事裡跑出來了呢？

沒錯，這就是道具細節。

故事是過去，帶道具可以把過去帶到現場，強化聽眾的感官衝擊。

此時，就是你引發行動的最佳良機。

因此，朱醫生最後的行動金句是：「生命，自己做主；醫療決定，為愛而立。」

恭喜你又學到一招了，有故事、有內容、再添點細節，你也能說出讓人刻苦銘心的精采演說。

CHAPTER 2

幽默型演說

聽眾喜歡的是，讓他們笑的講者

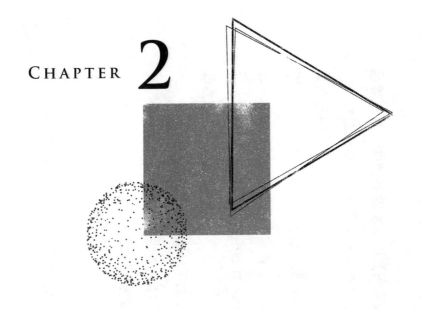

▼7 刻意誤導法

你說幽默憑天分，我說幽默靠公式！

很多人聽我演講，都會笑到東倒西歪，他們以為我天生幽默，殊不知我完全沒這天分，我唯一的天分就是「追根究柢」。

以前我的演講風格，就是鏗鏘有力、能量爆表，一股腦兒想把內力全灌給聽眾。

結果發現大家聽到兩眼發直、頭昏腦脹。我那時才發現，越有料的內容，越需要幽默來調味。就像你吃炸雞，是因為酥脆口感和胡椒粉；你吃鹹水雞，是因為蔥花薑絲蒜末味；如果你只是想吃雞，那大可吃水煮雞肉就好啦！

我聽了很多高手的課，像是華語首席故事教練許榮哲和注意力設計師曾培祐，他們是我認為最幽默的講師。我也去找一堆脫口秀來看，先當稱職聽眾，狂笑不止；再當個研究員，認真分析。結果發現，幽默竟然有公式！

後來我依著幽默公式設計演講，一開始的確很刻意，大家笑多半是為了賣你面子。

但久而久之，發生一個微妙的改變，就是我此後演講，很少特別再設計段子，因為幽默公式已經內化成我的語言邏輯。

很多哏幾乎是脫口而出，聽眾笑到不行，我還沒意識到自己在幽默。所以我覺得，幽默表達的關鍵，不是在學習如何說笑話，而是學習怎麼把一件事重新編排，讓它打破聽眾的預期。

好，那麼幽默的公式有哪些呢？

第一個公式叫「刻意誤導」，公式長這樣：（講者）鋪陳＋（聽眾）預判1＋（講者）解讀2＝笑點。

這公式是我從《喜劇大師的13堂幽默課》中領悟的，作者葛瑞格·迪恩是美國知名喜劇演員，他提到一個非常重要的點：「笑話需要兩條線。」

第一條線用來讓聽眾預判，第二條線才是講者真正的意思，而這才是笑點所在。

我把他濃縮成這個簡單公式，講者先說一句鋪陳的話，讓聽眾預判你想說什麼，沒想到你卻給出另一個解讀，顛覆了聽眾的預判系統，這時就會迸出幽默的火花。

舉個例子：第一句鋪陳是「我爺爺是在睡眠中安詳走的」。

讀者根據經驗，預判講者爺爺是在家裡安詳離世。

結果第二句是：「但當時坐在他公車上的孩子們卻嚇得叫個不停。」

這就是講者拋出的第二種解讀，讀者這才曉得原來爺爺是公車司機，離世前他正在開公車。

按照這個公式，你就可以設計出很多幽默段子。

以下是我曾帶學員玩出的成果：

像是「職場主題」：

我們老闆很體貼，經常跟我們說事情早點做完早點回家休息。（鋪陳）
但事情沒有做完的一天。（解讀）

再像是「教育主題」：
我們學校對於要不要上第八節，很民主地發下意願表。（鋪陳）
只是沒有「不參加」的選項。（解讀）

另外還有「家庭主題」：
我在婆婆心中無可取代。（鋪陳）
因為做家事時總會想到我。（解讀）

你看，幽默是不是很簡單呢？不要怕講出來不好笑，真正的好笑話都是「修改」出來的。重點是你得先懂幽默的思維邏輯，然後試著用這套邏輯，把你以為的平凡故事重新調味。接下來就等著聽眾聞香而來囉！

▼ 8 自我解嘲法

你的頂級魅力，就是「自我解嘲」！

還記得我第一次聽華語首席故事教練許榮哲演講，笑到眼淚都流出來。後來有幸跟榮哲合作，又聽了好幾遍他的演講，我還是笑到不行，但隱然發現那些笑點，都來自榮哲的自我解嘲。

比方他聊到念研究所的事，他說：「我那時念水利工程研究所，寫的論文叫動態模糊水庫理論，但我一直很擔心，如果有人真照我的方法去做，全台灣的人一定會飄在水上。」

哈哈哈！全場笑翻！

再像是他提到報名華視演員班的故事：「我原本報名演員班，結果我一進去看，男的像劉德華，女的像林青霞。看看別人、想想自己，於是我改報名華視編劇班。」

哈哈哈哈哈！全場又是一頓爆笑。

高明的幽默段子，可遇不可求，但「自我解嘲」是最好上手，也最高級的幽默！

但是很多人會陷入一個誤區，就是把「自嘲」和「自卑」搞混了。

比方有些人演講開場，很喜歡這麼說：「各位聽眾朋友好，我其實有點緊張，如果等下講得不好，還請大家多多包涵。」

也許你想先降低聽眾預期，但就我看來這反而會讓聽眾覺得你自卑。

但真正的自嘲，其實是一種「自信表達」。你很清楚自己的短板在哪，並且樂於拿它來大做文章。

幽默第二公式就是「自我解嘲」，來，這道公式長這樣：長相身形×類比誇飾＝自嘲笑點。

長相包含美醜、膚色、髮型；身形包含高矮、胖瘦、比例。只要找到一項你認為自己偏離均標的，就可以拿來大開玩笑了。

自嘲呈現的方式有兩種，一種是類比，另一種是誇飾。

類比指的是「用聽眾已知的舊概念，連結到你想表達的新觀察」。

類比的好處在於讓你的描述有畫面感，讓聽眾更容易記住。

像是在台灣教書的美籍教師唐華瑄，曾拿下「國語幽默演講比賽」冠軍，她就拿自己黝黑的膚色開玩笑。

「你們知道，我像台灣的哪一種特產嗎？答案是：烤地瓜。我的外皮是黑的，但是裡面卻是黃的。」

語畢，全場大笑，伴隨著如雷的掌聲。

誇飾指的是「用超過客觀事實的誇張描述，渲染你想強調的事情」。

說到這個，不得不提網路節目「狗屎寫手」。這節目專門邀請藝人來講脫口秀，但稿子是由脫口秀演員操刀，像是博恩、賀瓏。我個人最喜歡的，就是澎恰恰講脫口秀那一集。

來，講到澎恰恰，你對他的長相身形印象是鼻孔很大，對吧？

所以這個哏可以怎麼玩呢？

澎恰恰是這麼說的：「我是開車來的，但這附近很難停車，所以我只好把車子停在我的鼻孔裡。」

哇哈哈！聽眾拍手叫好！

「我出生的時候，醫生是拉我鼻孔出來的。」

啊哈哈哈！笑浪一波接一波。

「你們挖鼻屎會用湯匙嗎？好啦！我不會啦！用湯匙挖太慢了。」

哇哈啊哈哈哈！聽眾笑到東倒西歪。

「這裡是林森北路，出入混雜，等下如果有討債的跑進來，大家就快躲進我的鼻孔裡。」

喔哈啊喔哈啊哈哈！

聽眾掌聲一半給的是笑點，另一半給的是澎恰恰的勇氣。

這下，你學會了嗎？

天生麗質、英俊帥氣，也許與我們此生無緣。

但那又怎麼樣？自我解嘲是我輩中人，最頂級的魅力！

▼9 小題大作法

哈哈哈哈哈，你有必要這樣嗎？

我聽過最喜歡的幽默表達，是路易・C.K.的「親子大富翁」，才短短兩分鐘，卻不斷戳中我的笑點。

那是場脫口秀，內容在講陪女兒玩大富翁的過程。你可以想見，爸爸陪女兒玩遊戲，這個主題該是溫馨動人才對啊！但路易・C.K.怎麼說到全場大笑？

他是這麼說的：「養小孩很無聊，你得陪他們玩遊戲，玩無聊的遊戲，像是大富翁。我有兩個女兒，一個六歲，一個九歲，我跟她們一起玩大富翁。我九歲的大女兒，她已經很會玩大富翁了；六歲的小女兒，其實理解遊戲規則，但她心智不夠堅強，還難以接受她每次都會輸的事實。因為輸掉大富翁，超級絕望的。

當她輸了大富翁之後，我就得看著她那張小小的臉，對她說，『好，接下來妳得這樣，聽著囉！妳所有的財產、妳買的小火車、小房子、全部的錢錢，都是我的了。妳一整天的努力，我統統都要拿走了。然後我要用這些錢，徹底消滅妳姊姊。』」

哈哈哈哈哈……

先留點時間讓你笑完，我們再繼續下去。

好，回過頭來，幽默的第三個公式就是「小題大作」。明明只是件小事，但你卻用極端態度面對。

具體公式長這樣：熟悉日常＋極端態度＝反差笑點。路易．C.K.就是用了這個技巧，先鋪墊一個大家熟悉的場景，叫做「陪孩子玩大富翁遊戲」。

一般人陪孩子玩大富翁，展現的態度不外乎是赤子之心。但路易．C.K.採取極端態度，展現出資本主義的強取豪奪。因此在聽眾腦海中形成一種強大的反差。

明明只是場遊戲，一個可愛無辜的小女孩，卻被爸爸無情殘酷地徵收財產。

「情境」與「態度」的不協調，就是幽默的基本邏輯。

你要想辦法讓聽眾心理產生這樣的O.S.：

「哈，有必要這樣嗎？」

「哈哈，幹嘛做到這樣！」

「哈哈哈，你也太誇張了吧！」

當然，也許你會問，小題大作這個技巧，一定要站在事情的對立面嗎？如果我真的很愛跟孩子玩遊戲，那就不能設計幽默哏了嗎？

當然可以！關鍵在於「極端心態」，可以是極度排斥，也可以是極度投入。路易．C.K.採取「極度排斥」的視角，但你可以採取「極度投入」的視角。

那麼你幽默設計的思考方向就變成：「我陪孩子玩遊戲非常投入，投入到孩子竟然跟我說：爸，這只是一場遊戲。」

像是網路節目《脫口秀大會》的冠軍卡姆，有集比賽的主題叫做「我還可以再燃一次」。言下之意，就是要選手分享熱血的人生經驗。

卡姆是這麼說的：「大家都知道我燃點太低，經常無緣無故自燃。小學時老師說：『今天下午咱們準備大掃除，大家準備好了嗎？』同學們說：『準備好囉！』

我說：『我準備好了，我準備得太好了！我今天帶了個小紅桶子，和一個灰抹布。

我今天要把這堵牆一頓爆擦！擦得它晶光瓦亮！我要把這堵牆，拿塗改液一點一點，把這堵牆重新粉刷一遍。

我要把這堵牆擦到三堵牆都不認識這堵牆。

我要把這堵牆擦到所有人一看，以為自己大腦空白了。

我要把這堵牆擦到所有人看見這個都白內障……』

老師聽到急著說：『等等等等，卡姆，你負責的區域其實是黑板這塊。』

我說：『那我要把這黑板一頓爆擦！把它擦得烏漆抹黑，黑到你們誰也看不見黑板上寫的字。因為它的黑已經超過了黑洞！吸收了班裡所有的光，吸收得班裡什麼都看不見。

剛才那堵大白牆，你也看不見。你還以為停了電，每天上課開著燈，成為充分又必要條件。』」

全場笑到合不攏嘴，明明是日常熟悉的大掃除，被卡姆用「極度投入」一詮釋，竟翻轉出「小題大作」的幽默境界。

來，你試著回想一下自己曾經的小題大作。如果想不出來，別擔心，你身邊的人絕對都內建小題大作的天分。

比方老闆為什麼事小題大作？

比方家庭，爸媽為什麼事小題大作？

比方學校，老師為什麼事小題大作？

做人要大而化之，切忌小題大作，但為了幽默，可以！

10 黃西脫口秀

別看我一臉正經，等下讓你笑到打滾

想學說笑話，你不得不認識這個人，他名叫黃西，來自中國吉林省，後來到美國求學，取得生化博士學位。

在一次和朋友的聚會中，他接觸到美式脫口秀，他當時覺得：「哇！太妙了，靠著麥克風就能逗笑全場。」於是他也開始學習脫口秀。

一開始，他想學脫口秀演員那種誇張奔放的表演方式。但是，畢竟博士出身嘛！怎麼講就是帶學術味，總是嚴肅了些。

後來他想通了：「既然我做不到誇張表演，那我做出自己的風格。」

另外，由於他善於研究，他決定做一件事，就是拆解笑話的架構。憑著他的研究精神，還真給他拆解完成了。

笑點就跟化學元素表一樣，只要重新組合，就會讓笑點產生化學反應。

接著，觀眾也會情不自禁地哈哈大笑。

他發現了笑話的秘密後，再結合自己的超拙風格，竟然走出自己的「黃式幽默」。

黃西瞬間爆紅，脫口秀場場爆滿。最後，黃西竟然受邀到美國記者年會表演，逗得全場的觀眾哈哈大笑，名滿天下。

如果你讓自己講話更幽默，卻又放不開，放心！有個始祖在你面前給你開路，他叫黃西。

那麼，到底該怎麼說笑呢？讓我們來看看黃西的脫口秀公式吧！

公式一：鋪墊＋抖包袱

黃西的脫口秀是由一個個小笑話串連起來的，而這些小笑話有個基本公式，就是「鋪墊＋抖包袱」。

鋪墊就是指設前提，把背景講清楚，目的是為笑點蓄積能量；抖包袱是指大翻轉，打破觀眾預期，讓觀眾笑到流淚。

來看看黃西這段笑話：

我是在中國窮鄉僻壤長大的，我念中學時，某年政府突然決定要修公路，鋪上磚頭和水泥。於是，讓學生們帶磚頭來學校（笑），我們玩命幹了三個禮拜（笑），終於把路修好了。

多年以後，我聽說了這個詞——童工（笑）。

我驚訝地說：「啥？那些小孩幹活還有錢拿？我只拿到D^-。」（笑）

看出來了嗎？

描述自己出身，以及修公路是鋪墊，點出背景；而從學生帶磚頭、修了三個禮拜、得知童工概念，則是抖包袱。修路是政府的事，但卻是學生來做，連磚頭還要自己帶，比童工還慘。

笑點來自荒謬感，這個包袱抖得觀眾笑浪不斷襲來。

公式二：表面話VS.內心話

脫口秀的另一個笑點來自「吐槽」，而吐槽最核心的關鍵在於「心口不一」，用笑話公式來說就是「表面話VS.內心話」。

來看黃西怎麼說：

我兒子現在四歲，不過，他還遠遠不夠成熟，有時，我看著他心想：「哇！這小子，對社會一點貢獻都沒有。」（笑）

但我還得裝作他所做的事都很了不起。（笑）

我說：「哇！你自己走了半個街區。太棒了！」（笑）

其實我心裡在說：「這算啥啊！老子小時候修了條路。」（笑）

這種笑話模組來自表裡不一，做父親為了鼓勵兒子，常把小事放大，黃西就抓住這個吐槽點，表面話是「你好棒啊！」，內心話是「這算啥啊！」。

你看，這樣的內外反差就能創造笑點，更重要的是，這個笑話還接到最前面的「中學修路笑話」，讓前面的笑點推波助瀾，觀眾笑到不支倒地。

有了這兩個公式，你應該抓到一點說笑的竅門了吧！

別怕別人沒笑，有笑話就勇敢地說，你看黃西，不就這麼一路練成頂尖笑匠的嗎？

11 唐華瑄冠軍演說

我自黑，他們笑到東倒西歪

我常被問講話要怎樣才幽默，我的答案始終如一：「先自黑，觀眾就會跟著嘿嘿。」唐華瑄的幽默演說「我很奇怪嗎」，就是最好的證明。

唐華瑄是居住在台灣的美籍教師，一待就是十二年，她在國中教英文，每當她開口，大家都會盯著她瞧，一來她是黑人，二來她中文講得超好。好到參加「國語幽默演講比賽」，還勇奪冠軍，夠厲害吧！

她憑什麼？憑「自黑」的功力。喂！不是「自己是黑人」的意思，自黑指的是「自我解嘲」。透過自黑，她的劣勢反而成為演說優勢，一開口，就讓觀眾笑到東倒西歪。

來看看她怎麼做。

一、製造誤解

自黑幽默法第一招就是製造誤解，華瑄是黑人，常引來許多目光，她利用這點，製造喜劇元素。

比方她說，我最常被阿嬤問：「妳的頭髮是真的嗎？」

我說：「是真的。」

她接著問：「是自然鬈嗎？」

我說：「是！」

沒想到，阿嬤說：「妳一定省很多燙頭髮的錢齁？」

「阿嬤，我其實花很多錢把頭髮燙直的啦！」

你看，這個段子，就是利用阿嬤一連串的誤解所構成的。阿嬤羨慕的鬈髮，對華瑄而言是避之唯恐不及啊！

二、事與願違

自黑幽默法第二招叫事與願違，當主角越渴望，越得不到，喜劇感就出現了。

我們來看華瑄怎麼設計這段子：

台灣的女生很瘦，她們人很好，教我減肥的方法。

她們說：「華瑄，吃飯要用筷子慢慢吃，這樣才能減肥。」

我聽了之後，就去買了很多筷子。我吃披薩，用筷子；吃漢堡，用筷子；吃炸雞，用筷子。兩個月後，我卻胖了五公斤。

我朋友告訴我：「華瑄，我忘了說，妳每天只能吃一餐，而且只能吃一半。」

吼！台灣女生吃東西吃一半，講話也講一半！

注意到了嗎？這段設計是要減肥，但卻越減越肥，事與願違。到頭來才發現自己搞錯重點，重點不在筷子，而在飲食份量。

三、精準類比

如果你有看脫口秀，會發現有很多笑點都是利用類比，類比就是從兩件事物找到共同關聯。只要你類比得夠精準，打破觀眾預期心理，他們就會以滿滿笑聲回報你。

在演說的最後，華瑄這麼說：「你們知道，我像台灣的哪一種特產嗎？

答案是：烤地瓜。（全場笑翻）

我的外皮是黑的，但是裡面卻是黃的。」

這個類比既精準又接地氣，她的膚色如同地瓜皮那樣黑，但是長久居住在台灣，其實她的內在已經和我們一樣黃（喂！不是色色的黃啦！是黃種人的膚色的黃）。

所以，一個好類比，就能直接點中聽眾笑穴。

這下子懂得怎麼幽默了吧？別顧著開別人玩笑，從自己的玩笑開起，既省成本，NG之後還能不斷重來。

先自黑，聽眾就會嘿嘿大笑！

｜影片連結｜

12 博恩脫口秀

沒有無趣的事，只要你懂有趣的原理

很多人會問我，怎麼樣說話才能更幽默。我都會建議他去看「脫口秀」，去感受裡面的笑點是怎麼設計的。

當你刻意追求幽默，幽默反而會離你遠去。因為擅長幽默的高手，都是渾然天成，讓笑點飛一會兒。

脫口秀英文是 stand up comedy，是一種喜劇表演形式，靠著脫口秀演員，拿起麥克風，對觀眾說話。他們總是妙語如珠，大開玩笑，逗得現場觀眾樂不可支，掌聲連連。

這其實很難，超難，為什麼？

就像你跟朋友說要講笑話，最後往往都變成「冷笑話」。不是你不會講，而是觀眾對笑點過多預期，反而會造成期待上的落差。而脫口秀演員，就是擺明告訴你，我要講很多笑話，而且一定要講到你笑，不然就是我失職。所以你看，說笑是全天底下最難的事。

過去，我以為脫口秀是外國人的天下，直到最近開始看博恩脫口秀，立馬改觀，因為我們台灣人也是很能說笑的。

博恩脫口秀相當有哏，從中我們也可以學習，如何成為幽默製造者。不過，脫口秀中難免會有些黃色話題和政治玩笑，如果你是衛道人士，建議你就別看下去了。

以下我所分析的是脫口秀幽默的語法。

一、引發誤解

「誤解」是最快創造笑點的方法，博恩一開始就吐槽一個生活現象，就是大家都喜歡簡稱。像是「永和豆漿」簡稱永豆；「台北車站」簡稱北車。先做兩拍「正常拍」，接著再做兩拍「笑點拍」：B群和大奶薇薇。

這兩個笑點拍的本質就是「引發誤解」，以大奶薇薇為例，博恩提到

有一次和朋友去買飲料，結果朋友跟店員說：「我要大奶薇薇！」（觀眾笑翻）

博恩立刻演出誤解：「你說你要喝茶，我沒想到，竟然是喝這種的耶！」

朋友無辜地說：「沒有啊！大奶薇薇是指大杯奶茶微糖微冰啊。」

你看，這就是引發誤解，創造笑點。把「喝飲料」這件再正常不過的事情，因為「簡稱」，而產生「情色」的誤解。

二、情境類比

「類比」永遠是幽默裡的不敗元素，因為它可以巧妙連結兩件原本無關的事，從中創造有共鳴的情境笑點。

比方博恩談到民主，這個議題超嚴肅、超難講，但你看他怎麼作類比：

「就像我們上了一台民主航空飛機。」

先把民主類比成航空飛機。這兩者間有什麼關係呢？別急，接下來就是博恩厲害的地方了。

「每次坐飛機到了用餐時間，空姐都會讓你從兩種餐挑選一種，但其實兩種都不好吃。」這句話意在喚起你的生活共鳴。

「請問，你要尿泡過的饅頭？還是屎做的包子呢？」

「啊？尿泡過的饅頭應該好一點吧……應該可以吃四年吧？」（觀眾狂笑）

這就是笑點句，剛剛利用情境類比，「民主」和「飛機餐」連結在一起，兩者的共通點是：只能從兩個不怎麼喜歡的選一個。

三、時事妙接

「時事哏」玩得好，會讓觀眾覺得跟上流行，就像前陣子網路流傳一句話：「傷心的人別聽慢歌，玩遊戲的人別找乃哥。」就是跟上乃哥和唐從聖紛爭的事件。

博恩脫口秀很會玩時事哏，而且不會讓你覺得刻意，因為它採取的是從生活經驗偷渡時事哏。

像是民主航空飛機那個段子，還有精采的後續。

「最可憐的是坐在最後面的大陸乘客，為什麼呢？因為尿泡過的饅頭都被拿完了。所以他們沒得選，只能屎包子、屎包子、屎包子！啊！你這顆好像小熊維尼喔！屎包子、屎包子、屎包子……」

這個時事哏妙接太強大！沒得選，指的是共產制度，沒有選擇權利。而包子和小熊維尼，則讓聽眾有無限想像空間。但所有的政治笑點，竟然就在這麼一架航空飛機完成了。

想成為幽默自造者嗎？除了看大量笑話之外，你可以試著去拆解，這些讓人發笑的段子是怎麼設計的。

當你明白「引發誤解」、「情境類比」，以及「時事妙接」之後，你就朝著幽默自造者的大道前進囉！

13 傅首爾《奇葩說》辯論

如何用說笑講道理？

你一定有聽過相聲，可能也聽過辯論，但是你有聽過用相聲來打辯論嗎？

《奇葩說》還真出了這樣的奇葩，她的名字叫傅首爾。相較於黃執中的邏輯幻術、顏如晶的精準類比，傅首爾靠的是她的段子嘴，一出口就是新鮮字、生猛詞彙，完全顛覆聽眾的語言邏輯，全場笑聲不斷、讚歎不絕。

這些妙語如珠的段子怎麼設計的？先來聽聽傅首爾這場經典辯論，題目是：「我反對一鍵訂製孩子的完美人生」。

一、搞對比

段子要逗，有個訣竅，就是對比要強。就像是瀑布要壯闊，那麼懸崖就要夠陡峭一樣。

傅首爾的論點是：「完美是個人感受，訂製卻出於他人之手。」也就是說，完美的標準人人不同，光是誰來決定就是個大問題。

接著，舉兩個例子，注意喔！這兩個例子都是厲害的段子。

第一個故事是她給孩子買鞋，花了兩千多塊，高級貨，結果孩子嫌醜，為什麼呢？因為沒有鎧甲勇士的圖案。那鎧甲勇士圖案的鞋多少錢？才三十五塊。

所以，父母眼中的完美，孩子可能視如糞土。

第二個故事是，假設孩子長大了，要交女朋友。父母的審美標準是「膚白貌美大長腿」，兒子的標準卻是「小眼雀斑蛤蟆嘴」。

你看，段子就是搞對比，把落差感做出來，顛覆觀眾認知。

二、先自黑

段子要好笑，一定要開玩笑，最好取得的玩笑素材一定是自己，所以好的段子手，都很會開自己玩笑。

傅首爾第二個論點提到，完美人生會讓孩子孤獨和空虛。為什麼呢？因為孩子太完美，父母卻活得一屁股漏洞。孩子孤獨啊！沒人陪他完美。

接著傅首爾開始玩自黑：「像我這副德行，去了整容醫院，連醫生都勸我放棄。」

「人家完美靈魂天天有香氣，而我的靈魂天天冒冷氣。」

最高級的幽默就是自嘲，這句話是段子手的必背信條。

三、造荒謬

荒謬是最有力的反駁，怒罵你還傷神，但荒謬你自在，還附贈觀眾的滿堂笑聲。

完美人生很好是吧？傅首爾馬上造境，讓你看看完美人生有多荒謬。

「完美人生的友情是什麼樣子呢？兩個完美人生的朋友是這麼對話的：

『我告訴你喔！我又賺了五億。』

『這麼巧啊！我也是。』

你看，多無聊的友情啊！只有炫耀，而沒有需要的友情，還能算是友情嗎？」

「完美人生空虛，沒有成就感，舉個例子：

『你長得真帥。』

『我媽一鍵拍的。』

『我好喜歡你。』

『你喜歡我幹嘛啊！你媽沒拍你，你媽拍了你也這樣。』

『你怎麼這麼完美？』

『我不是告訴過你，我媽一鍵拍的嗎？』

我們都能接受冥冥中自有主宰，但誰能接受冥冥中自有我媽？」

傅首爾講的淡定，但聽眾已笑岔了氣，因為他們沒料到完美人生竟如此荒謬。

這就是段子手的威力，妙語如珠，句句帶哏，笑得你不要不要的。

現在，你知道段子的秘密了，就是「搞對比」、「先自黑」、「造荒謬」，

下次站上台說話，隨便用上一招，包準你一說笑場。

喂！不是要你笑場，是要你的聽眾笑到岔氣。

｜影片連結｜

CHAPTER 3

說服型演說

你還在用盡力氣做無效說服嗎？

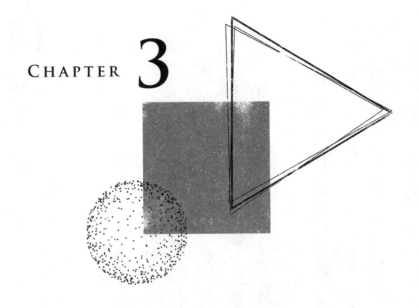

14 黃金圈法

別光說你有多好，先說你為何而戰

你看過很多廣告，如果要你選一個印象最深的，會是哪一個呢？

對我而言，是下面這部廣告。

一開場，畫面出現愛因斯坦，緊接著是巴布．狄倫、馬丁．路德．金恩；再接著是約翰．藍儂、愛迪生、拳王阿里……一個低沉厚重的聲音，隨著畫面的流轉，緩緩說道：「向那些瘋狂的傢伙們致敬，他們特立獨行，他們桀驁不馴，他們惹是生非，他們格格不入，他們用與眾不同的眼光看待事物，他們不喜歡墨守成規，他們也不願安於現狀。

你可以引用他們，反對他們，頌揚或是詆毀他們，但唯獨不能漠視他們。因為他們改變了事物。他們推動人類向前發展。或許他們是別人眼裡的瘋子，但他們卻是我們眼中的天才。

因為只有那些瘋狂到以為自己能夠改變世界的人，才能真正地改變世界。」

看著這部廣告，我不禁熱血沸騰，心想：對，人生就是要瘋狂！

但也納悶，這廣告到底要賣什麼產品？

直到最後，畫面浮現蘋果的標誌，下面寫著「Think different」，也就是「不同凡想」。

答案揭曉，這是「蘋果電腦」的廣告。

可是奇怪的是，它沒介紹任何產品，就只是說瘋狂到改變世界。

很多年以後，其他廣告我早忘了，但蘋果電腦的「不同凡想」卻一直迴盪在我腦海裡。這時我回頭一看，我手上用的是iPhone，桌上擺著的是iPad，原來我早就被蘋果說服了。

這讓我領悟到一件事，與其誇自己有多好，不如告訴對方你為什麼要做。

說到這裡，你不得不知道說服型表達的經典公式：「黃金圈理論」，這理論是由 Simon Sinek 所提出，他在ＴＥＤ提出黃金圈理論後，引爆全球。

後來他寫成一本書，叫做《先問，為什麼？》，這本書連續十年高居亞馬遜分類榜第一名，可見這理論影響力有多大！

黃金圈理論由三個同心圓所組成，這三個圓由裡到外，分別是 Why、How、What，而這正是高效說服的邏輯順序。

那麼，怎麼把黃金圈理論，運用在表達上呢？

第一步，先說你的 Why。

Why 代表你做這件事的原因，當然，我更喜歡用「信念」這個詞來表示，也就是說，你做這件事背後的「信念」是什麼？

什麼是信念？指的是就算全世界都不信，你卻深信不疑的價值觀，並且願意為它燃燒生命！

為什麼要說服別人，先得從 Why 說起呢？這跟人類的大腦有關，大腦簡單分成「皮層系統」和「邊緣系統」，皮層系統掌管邏輯思考、語言想法；邊緣系統負責情感信任、大小決策。

當你先從 Why 說起，就是對聽眾的「邊緣系統」說話，建立情感共鳴，並且影響決策。回頭來看蘋果電腦的廣告，你就會發現，它跳脫傳統廣告思維，不急著推銷產品，反而先讓你認同它的 Why：「不同凡想，改變世界！」

第二步，再說出你的 How。

How 代表你要如何做這件事。因此，你可以聚焦幾個重點：

「你做這件事的步驟是什麼？」

「你的做法跟別人有什麼不同？」

「你有多努力在做這件事情？」

注意到這三個關鍵字沒有?步驟、差異、努力。

當你先用 Why 引發聽眾共鳴後，接著就要用 How 讓聽眾感受具體可行。

第三步，最後說出你的 What。

What 代表你做出的成果是什麼。如果你有產品，那就介紹產品；如果你沒產品，那就把自己當產品介紹。

你該著重的關鍵是：「你的產品有哪些特色？」

「用了你的產品會帶來那些改變？」

「你提供什麼樣的服務、諮詢、課程？」

「你希望聽眾採取什麼樣的行動？」

到這一步，你該給出的是「資訊」，讓聽眾知道怎麼找上你。

現在，你有了「黃金圈」的概念，試著回頭分析一下蘋果電腦是怎麼說服你的。

Why：我們要不同凡想，改變世界。

How：我們努力讓產品簡約，刪除按鍵；我們重視產品的美感、流線設計。

What：我們為你帶來 iPhone、iPad、MacBook。

最後，請你認真回想，你想說服聽眾什麼事？試著用黃金圈架構表達。

以我為例，身為作家，我深切體驗寫作帶來的好處，但對多數人而言，考完大學聯考作文後，他們就與寫作斷絕來往了。那麼我要怎麼說服聽眾寫作呢？

Why：你的專業值得被看見

各行各業，都有不為人知的苦，也都有被誤解的爽。就像當老師的，人家時不時就說，你們很爽，有寒暑假、有退休俸，卻從不說你熬夜備課、研習進修、無私奉獻。

你可以跟他們辯，但我選擇寫。因為我知道，我們的努力和專業，只有寫出來，才能被看見。

How：保持寫作，把努力封裝成故事

於是我開始天天寫作，我用什麼時間寫呢？答案是：搭捷運通勤時寫。因為每天通勤時間很長，與其在車上消磨，不如打磨自己的故事。所以我每天跟捷運比速度，一聽到嘟嘟嘟的車門關上提示音，我就拿出手機，

啪嗒啪嗒開始寫作，越接近終點站，我心跳也隨之加速，最後一到站，我強迫自己送出文章。

我把自己的課程設計、閱讀心得、上課領悟，寫成一篇又一篇的文章。就這樣寫了兩年不紅的文章。直到有天我寫了一篇〈為什麼要學習？人生起跑遊戲〉，那是平凡的一日，卻讓我的人生從此不凡。

我那篇文章爆紅，破三萬人按讚分享。後來出版社找我出書，各單位邀約我演講，節目邀請我暢談。我深切體認到，寫作帶來的巨大影響力。

What：學會爆文寫作，為你的人生加值

我把自己這套寫作方法，稱之為「爆文寫作」。因為我發現，很多人對寫作有些誤解，他們認為好文章就要文句優美，結果導致自己不敢寫。但就我看來，寫作目的是傳遞想法，如果讀者無法耐著性子讀完，那你寫再優美也沒用啊！

所以對我而言，好文章的定義是：能讓讀者不知不覺讀完的文章，就

是好文章。

這也是我「爆文寫作」的初衷，透過系統化的方式，幫助你維持寫作的習慣、挖掘寫作的素材、設計吸睛的標題、創造被動的收入、傳遞人生的信念。

因為我深信，你的專業，值得被看見。

很多人聽完我這段話，還真的提起筆、打開電腦，開始用文字為努力留下足跡。

你說是我講得好嗎？講得當然是不錯。但更重要的是，我用「黃金圈理論」，讓我的表達「句句成金」！

15 剝皮法

有了這招，再也不怕沒想法可說

我曾讀過一本書，作者提到一個有意思的觀點。他說人分兩種，一種是滑翔翼人，一種是飛機人。

先說滑翔翼人，他們在空中翱翔，姿態優雅，但請注意，他們本身不會飛，他們只是靠氣流維持姿態。

那麼，飛機人呢？他們發動引擎，引擎聲震耳欲聾；他們地面加速，然後才緩緩起飛。但他們確實能飛。

這兩種人其實就是兩種學習的姿態，用學校當作情境吧！

滑翔翼人就是只吸收課本上的知識，因為那能讓他們面對考試，維持優雅的姿態。

但如果你問他們對事情的看法，他們可能支支吾吾，因為他們很少自我表達。

可飛機人正好相反，他們擅長獨立思考，敢問敢說，而且言之有物；他們成績未必最出色，但離開學校，進入職場，他們往往更耀眼。

你也許會說，就不是每個人都能侃侃而談啊！

但如果我說，有一種方法，能讓你迅速組織架構、充分自我表達，你覺得怎麼樣？

這個方法叫做「ＰＥＥＬ」架構，PEEL就是剝的意思，因此我把它稱為「剝皮法」。

第一步，Point（論點）

在進行說服表達時，有些人喜歡鋪陳，先說個故事、講個段子，再慢慢帶出想要傳達的概念，這在有比較長時間的場合可行。

但如果在職場上，向老闆報告、對客戶提案，你必須在最短的時間內，讓對方聽懂你想表達的事。

因此「剝皮法」，你第一個要講的是「Point」，也就是「論點」。

不拐彎抹角、不鋪陳堆積，直接採定立場，表述觀點，沒有模糊空間，沒有灰色地帶。

第二步，Explanation（解釋）

說出論點後，接著進一步解釋你是怎麼得出這個論點的。

你必須有一個推論過程，帶聽眾跟著你一步步穿過你的思考迴廊。

第三步，Example（舉例）

如果只是你個人想法，就算解釋再清楚，難免有些單薄。

所以你第三步要舉例，例子可以是親身經歷、他人見證、歷史典故、新聞時事。

這些例子就像是樑柱，支撐著你的論點，在聽眾心中築起一座高樓。

第四步，Link（連結）

這一步非常重要，往往也是高手和一般人之間，最大的分水嶺。

要知道，不管你講得再好，你是你，聽眾是聽眾，你在乎的價值，聽眾也許聽懂了，但未必覺得跟他有關。所以在最後一步，你必須想方設法，跳脫你的視角，改從聽眾的視角出發。把你的論點，設法連結進聽眾的生命。

講完「剝皮法」的四個步驟後，馬上舉個例子，讓你感受一下。

對岸火紅的辯論綜藝節目《奇葩說》，有個高人氣選手叫顏如晶，看起來萌呆萌呆的，但總是一開口，就展現出她驚人的說服魅力。

有一集辯論主題是：「你用時光機來到十年後，發現最後你身邊的不是她（他），回到現實後，你還會追她（他）嗎？」

這題目很有意思對吧？如果要你針對這題目，選定立場、表達論點，你會怎麼說呢？

顏如晶的立場是要追，當時她是這麼說的：

一、Point（論點）：時光機陷阱

「這是時光機給你下了陷阱，它展現給你的，是包括時光機本身已經出現過的。

就是你坐時光機的時候，你已經變成你在看時光機的時候，看到自己坐過時光機。」

這是顏如晶的核心論點，把原本讓人憧憬的時光機，定調為重重陷阱。

二、Explanation（解釋）：你的現在是因為接受未來造成的。

「由於我坐了時光機，看到不是我，所以我不去追她（他）；因此我

回來以後，沒有追她（他），所以那個時候身邊不是她（他）。」

為了讓聽眾理解，顏如晶進一步解釋，為什麼時光機不僅沒幫助你，反而還限制了你的未來。

不過這場演講，顏如晶是先作解釋、後下論點。方法是方法，你可以自行依情況調整。

三、Example（舉例）：大雄的子孫為什麼給他時光機？

「為什麼會有人想要發明時光機？哆啦A夢已經告訴我們真理啦！發明時光機就是為了改變未來的。大雄的子孫把時光機送給他，就是為了這個悲慘的人生。

但是對方呢？很聽話。

時光機跟你說不要追她，他就不追；時光機跟你說，你喜歡的是張三，你就去喜歡張三。」

顏如晶利用哆啦A夢的例子，說服聽眾時光機發明的用意，在於改變不幸的未來，而不是認命屈就未來。

四、Link（連結）：每個人都逃不過最終結局，你是放棄還是珍惜？

「時光機就是劇透你的人生，但其實我們都已經知道人生的大結局了，那就是死亡。

當我發明了一個可以看五十年後的時光機，讓你看到人生注定的大結局時，我們有怎麼樣嗎？沒有怎麼樣啊！我們該吃飯吃飯、該看劇看劇，我們明明知道大結局，但還是這樣一路走過來。

我們有這個能力，忘記那些注定的大結局，做我們該做的事情。

當我們知道每一個人，都有注定的大結局時，我們要做的，不是像對方一樣去放棄我們的機會，而是珍惜每一個機會；當我們知道，以後沒有飯吃了，我們要做的，不是現在不吃，而是珍惜每一頓飯；當我知道，以後沒有這個人了，我要做的，不是放棄這個人，而是珍惜每一個人。」

這是我認為顏如晶最精采的一段。本來的主題圍繞在愛情，但不見得每個人都有這種愛情困擾。所以顏如晶很聰明地，連結到所有人都得面對的課題：死亡。

進而帶出「珍惜當下」，不要困陷在時光機的陷阱裡。

當你學會「剝皮法」後，你再回頭看這些厲害的講者演說，試著分析，你會發現，他們的結構都有某一種巧合，對！那就是「PEEL」架構。

那麼，你要怎麼練習「剝皮法」呢？

給你一個最簡單的訓練方式，就是找出耳熟能詳的格言金句，試著用「剝皮法」的架構，設計兩種不同的演講內容，一種是認同格言，另一種是否定格言。

像是「機會是留給準備好的人」這句話，從認同的角度，說服聽眾的PEEL架構會是什麼？從否定的角度，顛覆聽眾的PEEL架構又會是什麼？

再多給你出幾道題練習：

1. 失敗為成功之母
2. 君子報仇，十年不晚
3. 忍一時風平浪靜，退一步海闊天空

相信我，一開始練習，你會像在剝柳丁，剝了半天，果皮沒掉多少，腦細胞倒是死了不少。但久而久之，你會像在剝橘子，輕鬆寫意，一氣呵成，一剝到底，你的表達，像是鮮甜的果肉，讓聽眾忍不住一口接一口。

16 阿拉丁神燈法

聽眾只管許願，我只負責兌現！

偌大會場，上百位聽眾屏氣凝神，相機喀嚓聲不絕於耳，彷彿生怕錯過任何一秒鐘。

台上講者身穿黑毛衣，以及一條簡單的牛仔褲。看起來並不起眼，但他在台上講的這段話，卻改變了全世界。

「今天，我要介紹三種革命性的產品，第一種是寬螢幕觸碰式 iPod；第二種是革命性的手機；第三種是突破性的網路通訊設備。」

他停頓片刻，等待聽眾思緒跟上，接著再次重複：「各位，請注意，三種產品：iPod、手機、網路通訊設備；我再說一遍，iPod、手機、網路通訊設備……」

他邊說著，簡報三個圖示飛快輪轉，漸漸合而為一。

講者笑著說：「這樣你們懂了嗎？我剛才所說的，並不是三種產品，而是一種，它的名字，就叫做 iPhone，今天蘋果將徹底顛覆手機！」

台下聽眾歡聲雷動，爆以熱烈的掌聲。

你可能已經猜到了，這身穿黑色毛衣的講者，就是鼎鼎有名的賈伯斯，而這場演講，正是蘋果電腦第一代手機 iPhone 的產品發表會！

這場發表會，注定成為經典。因為他深深烙印在每個聽眾心中，至今還未被超越。

把鏡頭拉回到你身上吧！如果要你說服別人購買一樣商品，那會是什麼？

我知道很多人對購買這詞很敏感，覺得叫人掏錢買東西，是一件很難為情的事。

他們告訴自己，東西好自然會有人上門；可當沒人上門時，他們又感歎知音難覓。

就是不肯承認自己不會行銷。

我常說：「三顧茅廬的時代已經過去了，這是一個毛遂自薦的時代！」你有好的產品、好的專業，更有義務透過「說服型演說」，讓別人知道該怎麼找上你。

所以，再回頭問你一次，如果要你說服別人購買一樣商品，那會是什麼？

請你先把答案寫在紙上，再繼續讀下去。

當然，商品可以是有形的：食品、家電、3C產品；也可以是無形的：課程、服務、諮詢……鎖定好你要推銷的產品後，假設台下有一百個聽眾，你要如何說服他們買單呢？

多數人會開始吹噓自己的產品有多好，卻不知道聽眾最討厭被強迫推銷，尤其是自吹自擂的那種推銷。那到底該怎麼說才好？這裡教你一個我很愛用的說服型演說架構，這個架構出自於《說出亮點吸引力》，為了讓你更理解，我稱它為「阿拉丁神燈法」。

有看過阿拉丁神燈吧？就是你只要摩擦神燈，神燈精靈就會跑出來，實現你的願望。

對，行銷型表達的關鍵，就是你要讓聽眾覺得自己的願望被滿足了！

「阿拉丁神燈法」分成三個步驟：

第一步，提出驚人事實

你必須先提出資料、數據，論證某一個事實。這事實的背後，透顯出人們常忽略的價值。而你的產品，正是為這個價值而生。像是「根據世界資源研究所調查，全球原始森林消失了三萬八千平方公里，相當於每六秒就會消失一座足球場大小的森林」。

你看，這驚人事實背後，傳達出人們忽視「森林保育」的價值。

再像是「根據網路調查，你知道年過三十最令人後悔的事，排名第一的是什麼嗎？答案是：沒把身體顧好」。

透過這項調查，你就可以進一步強調身體健康重要的價值觀。

第二步，帶聽眾許願想像

你要強調的價值觀出來之後，先別急著推銷你的產品，這時候，你要帶著聽眾向神燈許願。而許願的內容，其實就是你「產品的特點」。

舉個例子，你要推銷的產品是洗碗機，那麼你這麼說：「想像一下，如果不用洗碗，每天你至少省下二十分鐘，可以悠閒地滑個手機、看個電視，甚至陪孩子讀一本繪本。」

這步驟厲害的地方在於，你把產品特色包裝在願望裡，帶著聽眾想像美好的畫面，許了願望，自然就希望成真。

第三步：產品讓願望成真

當聽眾沉浸在你給他們的美好願望時，就是你產品最佳出場時機了。因此這時候，你要讓聽眾知道，你的產品就是讓願望成真的唯一解。

記住這個句型：「其實你不必想像，因為我已經為你創造出來了。它的名字是【產品名稱】。」

這樣說的好處是，會帶給聽眾一種驚喜感，願望本質上遙不可及，所以只能想像，但你瞬間讓它成真，降低聽眾的取得成本。對聽眾而言就非常有吸引力！

好了，知道這三個步驟後，再回頭看當年賈伯斯的產品發表會。你有沒有發現原理是一樣的？賈伯斯先讓你想像是三種產品，最後再打破你的認知，告訴你是一種產品的三種功能。本質上都是創造聽眾的驚奇感。

記住，好的說服型表達，不是老王賣瓜，自賣自誇；而是聽眾許願，你來兌現！

▼17 蔡康永辯論

我想說服你「別給別人添麻煩」

「你有沒有被借錢的經驗？不借不夠義氣，借了又生悶氣。你有沒有被拗多做事的經驗？不做不夠意思，做了更沒意思。那些給我們添麻煩的人，說這叫交情。

但下次，請你這麼回他：如果你跟我有交情，你不會添這種麻煩給我。因為你會為我著想，而不是只想到自己時，才把交情掛在嘴上。這不叫交情，這叫矯情。」

我會這麼說，完全是因為看了蔡康永這篇演說，他重新界定了添麻煩的定義，還同時上升到美德的層次，太走心了！

這是蔡康永在《奇葩說》辯論節目的一段演說。當時辯題是：「不給別人添麻煩，是一種美德嗎？」他是站在正方，認為是一種美德。強烈建議你這篇演講多看十遍，非常有意思的觀點設計。

一、使命召喚

美德這個主題很難談，因為它理所當然，所以顯得了無生趣。怎麼談都八股嘛！

在演說中，八股的論點不如不說，因為聽眾善變，渴望新奇。但蔡康永找到一個解套法，就是召喚聽眾的使命感。

他這麼說：「各位，什麼時候，我們已經淪落到，覺得美德是高不可攀的地步了？難道，當你達不到，你就把美德推得遠遠的，把它放在神壇上嗎？」

「我今天要把美德從神壇上拉下來，因為它本來就該實踐在我們生活中。

你不會不好意思談它，因為我們心中，依然懷抱著對美德的嚮往之情。」

這個說法很高明，先把美德拉到神壇高度，讓大家反思為何我們把美德供奉著？

我們嫌它八股，是為了縱容自己言行的合理化，在這裡，蔡康永重新召喚聽眾的使命感。人一旦有使命感，接下來事情就好辦了。

二、重新界定

你有沒有發現，越是理所當然的事情，我們談得越模糊，也越沒說服力。

什麼叫做給別人添麻煩呢？

如果是你，你會怎麼定義添麻煩？

你說，哪有什麼好定義的，添麻煩就是添麻煩啊！

欸，想要更有影響力，你就必須養成重新界定的能力。

所有界定都來自於洞察，而洞察，就是讓你更睿智的技能。

來看看蔡康永怎麼界定添麻煩：「什麼是添麻煩，就是你超越了那份人際界線，讓對方感到為難，不知道該怎麼辦才好。」

「例如我們遇到別人會問，最近還好嗎？吃飽了嗎？那是來自一份禮貌。通常對方會回答，我很好，吃飽了。但是如果你回答我不好，因為你得了胃癌，那就會讓我不知道該怎麼辦，因為我不是你的親人，但做為人，我又不能置之不理。這樣的回答，就是超越了我們的人際關係，讓我感到了為難。」

你看，這樣的界定是不是很清楚呢？不然你說他在添麻煩，他說這不叫添麻煩，這不是糾葛不清了嗎？

恭喜你又學到蔡康永的說話之道，更重要的是，這下你終於搞懂什麼是添麻煩了。

下次，別不好意思拒絕了，因為他給你添麻煩，是他天兵。

你要做的是告訴他：「對不起，我幫不上你的忙。」而且理直氣和，勇敢堅定。

18 珍妮TED演說

我想說服你「遊戲改變世界」

演說就是觀點的羅馬競技場，沒有所謂對錯，只有是否能技壓全場。

當然，有些觀點得天獨厚，怎麼講聽眾怎麼信；但有些觀點簡直逆天，才剛說，聽眾就皺眉；再說下去，聽眾立刻噓聲四起。

但有個奇女子，一站上競技場，清了清喉嚨，告訴大家：「我們每個禮拜共花三十億個鐘頭在玩線上遊戲。」

大家一聽，猛點頭，對對對！我們就是浪費太多時間玩遊戲，這場演講應該帶孩子來聽，多勸世呀！少打電玩，人生更精采。但這奇女子下一句就打了大家一巴掌，「我們必須瘋狂地玩線上遊戲，至少每週兩百一十億小時！」

大家笑容都僵掉了，以為講者在開玩笑呢！

「我是認真的。」講者又補上一刀。

這下聽眾全茫了，整個觀點競技場從來沒那麼尷尬過。

這位奇女子名叫珍妮·麥克高尼戈爾。（名字很長我知道，我們就叫她珍妮吧！）

她是一個遊戲研究者，也是一位遊戲設計師，在研究遊戲的過程中，她有個驚人的發現：「遊戲可以改變世界！」

她迫不及待地衝上觀點競技場，向全世界發布這個大發現。

記得上一次這麼雀躍的人，是發現「日心說」的哥白尼，但羅馬大主教氣壞了，直罵：「這人大逆不道啊！」

同樣地，當珍妮此話一出，家長、老師、大人們瞬間皺眉，皺眉的程度都可以夾死蒼蠅了。大概只有學生們準備衝向珍妮，給她熱情的擁抱。

不過珍妮不急不徐地，開始逆天開講，最後人們竟然開始相信她了。

她怎麼做到的？

沒什麼，她只是朝著聽眾的心上射了三箭，箭箭中靶。

第一箭（Why）：為什麼人們喜歡玩遊戲？

這一箭瞄準 Why 的靶心，到底玩家為何寧可活在虛擬的世界呢？

珍妮用兩張圖就搞定聽眾的困惑了。

一張是「玩家經典表情」，投入、專注，彷彿贏得史詩般的勝利；一張是「不擅生活表情」，沮喪、焦慮，彷彿世界末日就要到來。

是什麼造成這樣的差別呢？

珍妮緊接著告訴聽眾：「因為在遊戲的世界，我們可以做最好的自己。遇到挫折，會站起來；有人遇難，會去救援。在遊戲的世界，我們無所不能。」

珍妮重新鎖定問題：「所以，我們真正的問題是，我們如何把遊戲時的感覺，應用到現實生活中。」

這一箭，扎實射進聽眾心裡，奇怪的是，他們眉頭好像沒那麼緊了。

第二箭（What）：玩家擁有什麼強大的特質？

珍妮接著瞄準What的靶心，她先鄭重宣布：「遊戲玩家是史無前例的人才資源！」

「蛤？」聽眾的心又凝重起來了，人才？我們沒聽錯吧！

珍妮完全有備而來，用「論點條列法」四兩撥千金。

遊戲玩家的四大特質就是：

1. 無比樂觀：玩家永遠相信，史詩級的勝利是辦得到的，而且會不斷嘗試，直到成功為止。

2. 擅長組織：玩家擅長組織，透過合作建立默契與信任，進而更強化人際網路。

3. 幸福生產力：玩家在遊戲中獲得幸福感，並相信自己能成功完成任務。

4. 史詩的涵義：玩家喜歡被賦予冒險的故事情節，光是《魔獸世界》百科就有八萬篇文章，是玩家共同建造《魔獸世界》史詩般的資料庫。

因此整合四大特質，珍妮重新告訴聽眾，玩家都擁有改變世界的能力，我們所要做的就是讓他們從虛擬世界走向現實世界。

第三箭（How）：如何用遊戲解決世界問題？

珍妮最後一箭射向How的靶心，她要告訴聽眾如何用遊戲解決世界問題。

這裡，她用了「古今對舉」的策略。

首先是古代，在兩千五百年前，呂底亞王國鬧饑荒，民不聊生，眼看就要暴動。

國王解決的方法竟然是「玩骰子」？

你沒看錯，國王制定一個政策，第一天，全國人都能吃東西；但第二天，所有人必須專心玩骰子。結果，大家沉浸在骰子遊戲中，即使沒吃東西，卻奇蹟般地活了下來。

就這樣，呂底亞王國撐過了十八年的饑荒。

再來是現代，珍妮在「未來研究所」開發遊戲，像是有一款遊戲叫做「無油世界」，玩家要想辦法在石油短缺的環境下生存。

遊戲非常擬真，會有新聞畫面，告訴你石油價格，哪些東西買不到，運輸系統怎麼了，玩家必須做出決策。總共有一千七百位玩家參與了這個線上遊戲。

神奇的是，遊戲結束後，珍妮追蹤這些玩家三年的生活，發現他們竟把遊戲的經驗帶進了生活中，做出自發性的改變，重視環境資源，深切意識石油危機。

這逆天三箭（Why、What、How）射出，箭無虛發，射進了聽眾的心。

原先認為遊戲是兒戲的人們，逐漸發現，遊戲哪裡只是遊戲，而是足以改變世界的精采大戲！

19 黃執中VS.胡漸彪辯論

美貌是福還是禍？你被誰說服了？

不知道你在看辯論時會不會有一種感覺，總覺得自己腦波弱，一下覺得正方有道理，一下又覺得反方也沒錯？

這就是辯論有趣的地方，之前我們談的都是演說，相對而言，演說偏重於表現，而辯論偏重於捍衛。辯論是一種權力在他方的說話場景，雙方在爭取中立方的支持與認同，因而針鋒相對展開激烈攻防。

《我是演說家》某集節目中有兩位辯士，一位是人稱「寶島辯魂」的黃執中，另一位則是來自馬來西亞的胡漸彪。兩位都是當今頂尖辯士，而當天辯論的主題是「美貌是福還是禍」。

要成為頂尖辯士非常不容易，但是沒關係，至少我們可以學會看懂雙方如何攻防，再悄悄將辯論的說服技巧帶進生活中。

一、核心：上位概念

所謂的上位概念指的是雙方捍衛的終極核心，也就是你的立場的聖殿，一定要誓死捍衛，絕不容許對方侵門踏戶。

在辯論開始時，雙方通常會開始「搶定義」。什麼意思？以這個題目來說，就是搶對於美的定義。一旦搶到對於美的定義，就可以架設你的上位概念，上位概念越穩，就越能承受對手的猛烈砲火；反之，要是上位概念不穩，很快對方就兵臨城下了。

我們來看看，兩位辯士的上位概念是什麼？簡單來說，黃執中追求的是「終極自由」，而胡漸彪追求的是「審美愉悅」。對於黃執中而言，美是阻擋自由的枷鎖，正因為它脆弱纖細，以至於讓人患得患失——因此，美是禍。

對於胡漸彪而言，審美的愉悅會帶來幸福感，這份幸福感就像是演奏共鳴的樂器，讓人賞心悅目——因此，美是福。

二、攻防：借力使力

在金庸小說《天龍八部》中，慕容復的家傳絕學斗轉星移，在武林中向來有「以彼之道，還施彼身」的威名。在辯論中，真正漂亮的攻防戰也是這個道理。你與其大張旗鼓，重兵攻擊，倒不如順著對方的脈絡走，結果得出荒謬的結論，讓對方的論點不攻自破。

我們來看兩位辯士如何借力使力，胡漸彪說：「如果美貌是禍，天生麗質的美女，我們應該叫做天災；那後天整形的美女，我們應該叫做人禍。所以電視選美比賽，其實就是一部天災人禍的災難紀錄片。」

你看，這個打法就在於把美貌是禍的論點推向荒謬。

黃執中說：「你說美貌，我們審美有愉悅啊！那是愉悅別人。就像熱帶魚在魚缸裡，牠的美貌是愉悅我。牠的美貌對牠而言是禍，不然牠就不會在玻璃缸裡了。」

同樣地，這個打法也是利用對手的論點借力使力，追求美，結果愉悅別人，最後苦了自己，而這樣的不自由正好又呼應美貌是禍的立場。

三、停損：部分妥協

若你仔細觀察，會發現辯論不是一味地反對對手，相對地，有時他們會利用「部分同意」來設定戰場的停損點。當然，另外一層的意圖在於「重新劃定戰場」。

當胡漸彪提出美是一種心靈感受，不該有既定的客觀標準時，黃執中這麼說：「我同意美沒有絕對的標準，但總有一個大概的標準吧！不然，我們發明醜這個字幹嘛呢？」

這個回擊相當漂亮，先同意對方立場，再切出另一小塊戰場，並順勢以美醜的對立來打破美沒有標準的立論。同樣地，胡漸彪也運用了這樣的手法，「我認同每一個人有他醜的地方，我們不怕你不比人美，我們怕的是什麼？我們怕的是你以為這是個只看臉的世界。」

不過，相形之下，我個人覺得這個回擊是無效的，他的目的只在於把戰場導向「別在乎多美，要在乎多拚」，但卻無法有效捍衛美貌是福的上位概念。

這就是辯論，像是兩軍在戰場上對決，以上位概念為你的出師之名，以借力使力作為你的戰術策略，最後適度妥協來保全主力，正所謂不爭一城一池之得失，而是積小勝為大勝。

我們的人生也許不需要辯論，但是懂得辯論，會讓你把人生棋局看得更透徹。

20 約翰·伯茲畢業演說

看我用高明的反話說服你

在分析這場演說之前，我先說一個故事。

有一次，清代才子紀曉嵐受邀到一位王姓翰林學士家為他的母親祝壽，這位翰林非常仰慕紀曉嵐，請他為母親提一首祝壽詞，紀曉嵐一揮而就寫下第一句，但所有人看完都大驚失色，因為上面寫著：「這個婆娘不是人。」

王翰林臉色非常難看，正要發作，紀曉嵐不慌不忙地寫了第二句：「九天仙女下凡塵。」

眾人拍手叫好，王翰林也轉憂為喜。

誰知，紀曉嵐第三句緊接而來：「生個兒子去做賊。」

瞬間氣氛又凝重起來，王翰林更是面色鐵青。

只見紀曉嵐悠悠然寫下最後一句：「偷得蟠桃孝母親。」全場歡聲雷動，王翰林對紀曉嵐又更加仰慕了。

這個故事，我小時候就聽過了，一直記到現在。為什麼呢？因為他完全打破我的預期心理，祝壽都要說吉祥話，紀曉嵐卻說老夫人不是人、兒子是賊，原來其實要稱頌老夫人是仙女、兒子孝心可嘉。

這招原理就是，你真正想講的話，先別急著說。試著用一句反話，給聽眾來個出其不意，一陣錯愕，再帶出你真正想傳達的道理，讓他們在你的表達創意中洗一場三溫暖。而這就是美國首席大法官約翰·伯茲的演說絕招。

一般畢業典禮大家講來講去都是鵬程萬里，前程似錦，但他偏要反其道而行，直說不這麼做。這時聽眾的預測機被打破了，就會想知道他想說什麼。

接著，約翰·伯茲連續對這群畢業生下了七個「詛咒」：「祝你們遭到不公平對待」、「祝你們遭到背叛」、「祝你們感到孤獨」、「祝你們不時遭逢厄運」、「祝你們失敗，對手幸災樂禍」、「祝你們被忽視」、「祝你們遭逢苦難」。

若你是聽眾，聽到這樣的「祝福」想必是一陣錯愕，想說這位大叔是腦袋秀逗了嗎？

不過，這就是約翰·伯茲要的，當聽眾越錯愕，就越對他的演說感到好奇。

接著，就要來看約翰·伯茲如何「自圓其說」。

「祝你們遭到不公平對待，這樣你們才能理解公平正義的價值。」

「祝你們遭到背叛，這樣你們才能學到忠誠的重要。」

「祝你們感到孤獨，才不會將朋友視為理所當然。」

「祝你們遭逢厄運，你們才會明白機運也是人生的一部分，成功不全然是你應得的。」

「祝你們失敗時，對手幸災樂禍，這樣你們才能理解運動家精神。」

「祝你們被忽視，這樣你們才明白傾聽別人的重要性。」

「祝你們遭逢苦難，這樣你們才會學會同情。」

看出來了嗎？其實約翰．伯茲這場演說翻轉秀想講的就是四個字：「將心比心」。

當你真正輸過，你才能體會輸家的痛苦；

當你狠狠摔過，你才會懂得慘摔的狼狽；

當你被人背叛，你才會明白忠誠的可貴。

「將心比心」太重要了，它讓我們成為一個「溫柔的強者」。不會視一切為理所當然，因為人生的每一份美好都得來不易，所以我們更要盡力珍惜和維繫。

約翰．伯茲想告訴聽眾的是，只有解開不幸背後的人生課題，才有資格得到人生的真正寶藏。

記住，如果想讓聽眾對你的演說印象深刻，就必須打破聽眾的預測機設計看似「不合時宜」或「不合常情」的反話，勾住他們的目光以及狐疑的表情，就像是棒球，你故意投出壞球，讓球數來到兩好三壞，為的就是上演精采的投打對決。

嘿！接下來你這記全力投出的好球，就是逆轉聽眾的「好道理」，一定要「合情合理」並且「發人深省」，讓聽眾從驚嚇變成驚歎，那你的演說也就離永恆不遠了。

CHAPTER 4

激勵型演說

看到聽眾心中的火種沒？點燃它！

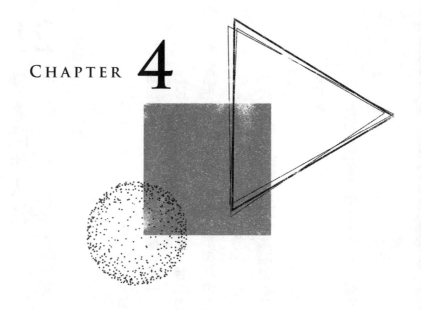

▼21 熟悉陌生人法

蕭亞軒的歌，藏著演說的秘密

時間回到二〇一六年，我不知道哪根筋不對，竟然報名全台灣最高的演說賽事：「中廣演說家擂台賽」。我很努力打進十強決賽。決賽在即，題目自訂，但我卻苦無靈感。我知道絕不能說些老生常談的講題，但是太驚世駭俗的講題，恐怕聽眾和評審也很難接受。那該怎麼辦呢？

我決定聽聽音樂，放鬆一下心情。聽著聽著，傳來一陣熟悉的歌詞：「我們變成了世上最熟悉的陌生人，今後各自曲折，各自悲哀，只怪我們愛得那麼洶湧、愛得那麼深。於是夢醒了擱淺了沉默了揮手了，卻回不了神……」

我猜你也跟著唱了，沒錯，這首歌你我再熟悉不過，就是蕭亞軒的經典〈最熟悉的陌生人〉。當然，這首歌談的是情侶分手後的心情，明明彼此因為相愛而熟悉，但分手後卻必須把彼此當陌生人。

這時，我突然有個想法：如果撇除愛情，在聽眾心裡，最熟悉的陌生人是誰呢？也就是這人他認識，但這人的故事他卻沒聽過。想到這裡，我的靈感來了！

決賽當天，我的演講題目是：「做第二個登月的太空人」。

我先從電影《三個傻瓜》說起，裡頭的大學教授告訴學生：「你們人生只能當第一名，因為大家只會記得，第一個登月的太空人叫阿姆斯壯。但不會記得第二個登月的是誰。」

接著，我開始說起自己的第二名人生：國小我參加演說比賽，每次都輸給一個叫俞鈞的小女生；國中我參加相聲比賽，每次都輸給一個叫大任的小男生；高中我參加辯論比賽，每次都因為腦袋想法跟不上嘴巴，所以總是當替補。我的對手們都是阿姆斯壯，而我是注定被遺忘的：第二個登月的太空人。

可是後來神奇的事發生了，我大學畢業後，報名教師甄試，在錄取率極低的狀況下，我竟然考上正式教師！原來，在評審委員眼裡，我的表達風格非常獨特，有演說的架式，也有相聲的幽默，更有辯論的思維。我這才明白，過去一連串的亞軍點滴，如今匯聚成河、奔流到海。

最後我告訴聽眾，第一個登月的是阿姆斯壯，第二個登月的是巴斯・艾德林，你不認識他很正常，但他早已刻在我們的心裡。因為有一部動畫叫《玩具總動員》，裡面的主角是一個太空戰警，名叫「巴斯光年」。這個角色，就是劇組團隊為了向巴斯・艾德林致敬，以他為原型塑造出來的。

當我說到這裡，評審眼睛瞪大、全場聽眾一陣驚呼，因為他們沒想到看似陌生的巴斯・艾德林，背後竟是大家熟悉的巴斯光年。我在聽眾心中創造出「最熟悉的陌生人」，讓他們刻骨銘心，也讓我得到全台演說冠軍的殊榮！

激勵型演說，目的在燃起聽眾的鬥志，但困難的地方在於，聽眾對於激勵型故事太熟悉了，要嘛就是堅持到底，要嘛就是力爭上游，一旦你落入聽眾的預測範圍，即便你再會講，他們都會貼一張「老生常談」的標籤在你身上。因此，你一定得會「熟悉陌生人法」，才能在聽眾的心湖上打水漂，掀起漣漪。

那麼，「熟悉陌生人法」要怎麼做呢？有兩種模式：

第一種模式是「熟悉的人，陌生的事」

你要找出一個大家都很熟悉的人，像是賈伯斯、李安、林肯……接著，找出他們成長過程中，一個大家都沒聽過的故事。關鍵是你在講述的時候，不要直接說出他們是誰，賣個關子，改用這樣開場：「有個年輕人……」然後講完他的故事後，最後再告訴大家：「這個人是誰呢？他就是後來鼎鼎有名的×××」。

我示範一段，你感受看看：「有個高中生很喜歡電影，他告訴父親自己想當導演，但他當父親的校長並不答應。結果，他第一年落榜，第二年重考，又落榜；直到第三年才考進藝專影劇科。他不顧家人反對，一路攻讀到紐約大學的電影研究所；他不顧外人眼光，在家當了六年家庭主夫。

最後拍出《推手》、《臥虎藏龍》、《少年Pi的奇幻漂流》等經典電影，拿下奧斯卡最佳導演獎。這個人是誰呢？他就是台灣之光，李安導演！」

是不是感受很深刻？如果你一開始就說要講李安的故事，聽眾因為都很熟悉，自然提不起勁來。但如果你先從一個他們陌生的故事講起，最後聽眾赫然發現，原來故事主角是他們熟悉的人，那麼演講效果就會加倍！

你可能會問，那我要去哪裡找這類型的故事呢？我推薦你看王溢嘉《青春第二課》，裡面有九十六個古今中外的名人故事，全都是用「熟悉的人、陌生的事」模式寫成的。這本書是我書架上的故事寶典！

第二種模式是「熟悉的事，陌生的人」

還記得我前面說的巴斯．艾德林的故事嗎？就屬於第二種模式。你先講一個大家根本不認識的人，講完之後，再連結到一件他們很熟悉的事物。讓原先的冷門人物突然像是鄰家大哥哥般親切，聽眾絕對會驚呼連連！但這比第一種模式難很多，因為這類故事不好找，比較偏向冷知識。所以在搜尋上是有些技巧的，你必須先確定演講想傳遞的核心概念，再用這個概念去搜尋故事。舉例來說，我那時演講題目是「做第二個登月的太空人」，核心概念是「第二名精神」，於是我在Google輸入類似的核心概念：第二名故事、亞軍王、永遠的第二名……就這樣找到了巴斯．艾德林的故事。還有另一個人的故事，示範給你看：

「你知道NBA的亞軍王是誰嗎？答案是湖人隊的Jerry West，他生涯九次打進總冠軍賽，結果卻拿了八座亞軍。你說衰不衰？不過，他是少數拿亞軍，最後總決賽MVP（最有價值球員）卻頒給他的傳奇球星。當然，你可能沒聽過他，但你心中早就已經有他了。為什麼？還記得NBA的logo嗎？是一個球員運球的身影，而這個身影，正是Jerry West！」

我相信你現在已經起雞皮疙瘩了。沒錯，聽眾會感到驚喜，永遠不是因為老生常談，也不是因為全新原創，而是「最熟悉的陌生人」，抓住熟悉與陌生之間的調配比例，你就能抓住聽眾的注意力！

22 重疊抽換法

激勵人心的演講，你也做得到！

西元一九四〇年，對於歐洲而言，是最黑暗的時刻。當時，希特勒率領德國，以閃電戰席捲歐洲，一天征服丹麥，十八天打下比利時，二十七天擊潰波蘭，擁有強大陸軍的法國，也在第三十九天投降。就連前來助陣的英國軍隊，也和聯軍一起被圍困在敦克爾克。

眼看全歐洲都將陷入希特勒的魔掌中，老天給了聯軍一線生機，聯軍竟然在短短幾天內，從敦克爾克成功撤出三十三萬多人。但即便如此，全英國仍彌漫著一股不安與恐懼。就在這時候，英國首相邱吉爾，對全國發表了一段演說「我們將戰鬥到底」：

「我們將在法國作戰，我們將在海洋中作戰，我們將以越來越大的信心，和越來越強的力量在空中作戰！我們將不惜一切代價保衛國土，我們將在海灘作戰，我們將在敵人的登陸點作戰，我們將在田野和街頭作戰，我們將在山區作戰。我們絕不投降！即使我們的島嶼被征服並陷於飢餓之中。當然，我從不相信這種情況會發生！」

這段演講鼓舞了全英國的國民，在最黑暗的時刻，他們彷彿看見一線曙光。最後結果是你知道的，全國上下一心，扭轉戰局，贏得勝利。

其實，人生就是一場又一場的戰鬥，每個人都有自己的戰場要奔赴，也有自己的團隊要帶領。但你不能保證所有人都會戰鬥到底，而激勵型表達，就是一劑強心針，讓人重新燃起鬥志，奮勇向前！

要進行激勵表達，你可以準備好激昂的情緒、熱血的故事。但除此之外，這個激勵表達技巧你一定要會，那就是「重疊抽換」。

什麼是「重疊抽換」？簡單來說，就是準備兩句以上重疊句型，抽換後面的敘述。讓文句既有重複而形成的節奏感，也有抽換而造成的變化感。

回過頭來看邱吉爾的演說，不停重疊「我們將在……作戰」這個句型，然後抽換地點，變成法國、海洋、海灘、登陸點、田野、街頭等。看似簡單，就像是擊鼓，咚、咚、咚鼓聲聽起來一樣，但你的心就是跟著震盪起來。

三流的演講者，喜歡用複雜的方式講道理，因為那顯得自己博學；但一流的演講者，喜歡用簡單的方式講道理，因為聽眾記住最重要。

對岸有個節目叫《超級演說家》，是一檔演說競技的選秀節目，由四位導師擔任評審，並從參賽者中選出演說高手加入自己的戰隊，然後四隊之間進行演說比賽，最後決選出《超級演說家》冠軍。

劉媛媛是《超級演說家》第二季的冠軍，而她奪冠的驚天一講，題目叫做「寒門貴子」。我必須說，劉媛媛這篇演講非常有渲染力，當時演講影片一上架，網路上瘋狂轉發。尤其是她的演說結尾，收得鏗鏘有力，震撼人心。來看看她是怎麼說的：

「命運給你一個比別人低的起點，是想告訴你，用你的一生去奮鬥出一個絕地反擊的故事。這個故事關於獨立、關於夢想、關於堅忍。它不是一個水到渠成的童話，沒有一點點的人間疾苦。這個故事是有志者事竟成、破釜沉舟、百二秦關終屬楚；這個故事是苦心人天不負、臥薪嘗膽、三千越甲可吞吳。」

在你還不知道「重疊抽換」這個技巧，你聽完只是感到熱血，但現在，你可以試著分析看看，哪裡重疊？又哪裡抽換呢？

「這個故事關於獨立、關於夢想、關於堅忍。」在這一句裡，「關於」重疊了三次，抽換「獨立」、「夢想」、「堅忍」三個詞，來描述奮鬥的人生。

「這個故事是有志者事竟成、破釜沉舟、百二秦關終屬楚；這個故事是苦心人天不負、臥薪嘗膽、三千越甲可吞吳。」

在這一句裡，「這個故事」重疊了兩次，抽換掉「有志者事竟成」、「苦心人天不負」、「破釜沉舟」、「臥薪嘗膽」、「百二秦關終屬楚」、「三千越甲可吞吳」。

這段演講內容你多念幾遍，會發現有效的激勵表達，就是在熟悉的句式裡，添增變化。

我常受各校邀約，對學生進行激勵演講。除了熱血的故事外，我會很習慣性地用「重疊抽換法」來講道理，常常我自己講完都忘了，但那些話卻深深迴盪在學生腦海中。比方有次我看見學生的回饋單上寫：「聽完歐陽老師的演講，真的是當頭棒喝。不管是講任何一個 point，都很激勵人心。」然後這個學生，竟然憑著當時記憶，記下我讓他印象深刻的一段話：「自律學習永遠是成功的關鍵！疫情停課，你會發現，有人勤學不倦，有人好吃懶做；疫情過後，你會發現，有人突飛猛進，有人節節敗退；上了大學後，你擁有全然的自由，卻不知何去何從。你會發現，有時候有人管，是一種幸福。」

讓你說的話，就像是戰鼓般咚咚作響，擊入人心。鼓勵你的聽眾、鼓舞你的學生、激勵你的部屬、凝聚你的團隊！這場仗，非贏不可！

23 顛覆世俗法

別再說正確的廢話，換個角度講道理

我很常逛書店，也愛關注市面上的新書。我發現兩種書最容易暢銷，一種是投資理財，因為教大家掙錢；另一種是心靈勵志，因為大家都看得懂。然後我又再去觀察心靈勵志的書，發現一個微妙的變化：過去的心靈勵志書，是「心靈雞湯」，溫暖滋補，像是劉墉《肯定自己》、《超越自己》、戴晨志《人生沒有如果，堅持就有好結果》；但心靈雞湯喝久了，也有人想換換口味，於是近幾年開始流行「心靈耳光」，每篇文章都熱辣猛狠，給你當頭棒喝，像是江明《劈你的雷正在路上》、黃大米《功勞只有你記得，老闆謝過就忘了》、老楊的貓頭鷹《裝睡的人叫不醒，再不清醒窮死你》。這給了我一個很重要的啟發，那就是「價值觀是有賞味期的」。任何再好的價值觀，被大家爭相轉傳，久而久之也會漸漸平淡。這就是為什麼，我不建議大家在演說裡用格言，像是「失敗為成功之母」、「一分耕耘，一分收穫」，因為這些格言聽眾太熟悉了，熟悉到近乎是一種「正確的廢話」。你不說還好，你一說聽眾反而覺得你很老套。

我很喜歡聽TED演講，但網路上影片實在太多，我只好挑著看。有次，我看到一個TED演講，主題是「自私的力量」，講者是激勵達人鄭匡宇。我好奇心就來了，想說自私這種負面的概念，講者要怎麼講啊？結果一聽，驚為天人，匡宇切入的角度非常有意思。

他重新定義了「自私」，並不是不管別人死活的那種冷漠，而是要有「拒絕」和「不怕被拒絕」的勇氣。從「拒絕」的角度來看，生活周遭充滿著各種人情壓力，同事請你代班、朋友要你買保單、親戚跟你借錢，你不想答應又怕被貼上自私的標籤，但你成全了別人的自私，卻犧牲了自己。再從「不怕被拒絕」的角度來看，很多人之所以不會成功，是因為被拒絕一次後，就覺得不要再麻煩別人了，這樣很自私。但如果他懂得「自私的力量」，一切可能不一樣。

匡宇說了一個讓我印象很深刻的故事，他當年剛成為作家，想要回母校演說。於是他就跑到成功高中，直接拜訪輔導主任，還送上了他的新作，並表達自己想回母校演講的想法，主任嘴上答應了，但事後再也沒有消息。匡宇沒放棄，再次回母校拜訪，只是他這次學聰明了，直接找校長，卻還是音訊全無；隔了幾年，他仍然持續寫作、到處演講，並出了暢銷書《我不是教你叛逆，而是要你勇敢》。這回，成功高中主任竟然主動找上匡宇回母校演講，一圓他的演說夢。

激勵達人鄭匡宇的這場ＴＥＤ演講，在網路上引發熱烈的迴響。除了他豐富的演說方式之外，我認為關鍵就在於，他很懂得怎麼換個方式激勵聽眾。我把這招稱之為「顛覆世俗法」。

首先，請你列出世俗「提倡的價值觀」和「不提倡的價值觀」，各列三個。

舉例來說，世俗提倡的價值觀可能有：考好成績、念好科系、找好工作、趕快成家等。不提倡的價值觀可能有：叛逆、自私、懶惰等。

其次，請你跳出世俗框架，換個角度想一想：世俗提倡的價值觀，有沒有反例？他雖成績不好，但闖出自己一片天；或者他的確念了好科系，但卻不是他真正想要的；又或者他的確有份人人稱羨的工作，卻忙到焦頭爛額，忽略家庭。另外，世俗不提倡的價值觀，這些價值觀有沒有可能帶來另類的好處？

像是如果不叛逆，賈伯斯有可能開創出蘋果電腦嗎？如果不自私，鄭匡宇有可能自在做自己嗎？如果不嚮往懶惰，這世界會開發出更多便利的科技嗎？

你發現到了嗎？價值觀並不是非黑即白的，當你過度標榜其中一面，就會被框限住，而失去欣賞另一面的可能性。

最後，請用一句話概括你「顛覆世俗」的新價值觀，並且回溯你的親身經歷，來證明這個新價值觀。當然，我知道這不容易，因為我們多數人生，都是按照世俗價值觀長大的。這裡我分享另一個精采的「顛覆世俗法」演說：那就是脫口秀演員博恩的TED演說——「興趣沒有目的」。

博恩是知名的脫口秀演員，他打造的《博恩夜夜秀》，更成為名人爭相受邀的網路節目。這場ＴＥＤ演說中，博恩談他如何走到這一步。

博恩說他大學時有陣子很著迷鋼鐵人，他決定打造一套鋼鐵衣，為此還去研究電路怎麼接。而他在戶外做鋼鐵衣的時候，很多路人看到，會跑來跟他聊天並問他一些問題，常見問題不外乎是：「你這個是作業嗎？」、「你做這個要幹嘛？」、「你這個賣多少？」博恩聽了非常驚訝，因為他意識到世俗價值觀非常「功利主義」，為了某個目的才會去做某件事。所以當他回答自己只是為了好玩，大家都不能接受。可是博恩回顧自己的成名歷程，起心動念都是因為興趣、因為好玩。像是他接觸脫口秀，是因為同學推薦給他，他聽完笑倒在地上。從此他對脫口秀產生了興趣，開始研究脫口秀，找喜劇俱樂部上台講笑話，經營臉書粉專和 YouTube。即便沒有任何實質的報酬，仍然樂此不疲。

持續經營網路社群六年之後，有一次他的脫口秀影片突然在網路上爆紅，粉絲數從六千人衝到十二萬人。從此他脫口秀事業版圖大開，也因此有了後來的《博恩夜夜秀》節目。但這是他一開始就刻意追求的目標嗎？並不是，他只是循著自己的興趣持續去做，成果反而獲得意外的收穫。

博恩最後的演講收尾是這麼說的：「興趣不會達成任何目的，因為興趣本身就是目的。」全場爆以如雷的掌聲，因為博恩顛覆了他們以往的認知，打破世俗功利的價值觀，給了聽眾全新的啟發。

我相信正在看這本書的你，一定也有不同於世俗的想法。別怕，大膽地說出來吧！因為站在舞台上的，從來不是最厲害的人，而是最敢的人！

24 火星爺爺TED演說

不想老生常談，就換個角度來談

通常，我會把演講內容分成兩種，一種是「老生常談」，一種是「出人意表」。

我們從小到大一定聽過不少演講，那麼，請你回想一下，在這些演講裡面，老生常談的多，還是出人意表的多呢？

答案應該是老生常談的多。

那我再問你，那些老生常談的，你還記得多少呢？恐怕幾乎記不得了。你記得的，一定是那些出人意表的演講內容。因此，若你想成為一位演說高手，就要試著說出「出人意表」的內容。

不過，這要怎麼做呢？很簡單，就是「換個角度切入」。

演講之所以會落於老生常談，都是因為採取最保守、最普通、最安全的角度切入。

但如果你今天一開口就打破聽眾的預期，自然而然你的演說也就成功了一半。

火星爺爺的這場TED演說《別只看「沒有」，向你的困境借東西》就是最好的證明。

角度一：「沒有」能給你什麼？

說到「沒有」，你會聯想到什麼呢？大概像是貧窮、匱乏、缺少……

你會不會跟一個貧窮的人借錢呢？應該不會，因為他沒有。

但是，火星爺爺怎麼切入「沒有」的另一個角度？

他先問聽眾，火車上有什麼？有行李、有座位、有滅火器……

他再問聽眾，火車上沒有什麼？沒有夜市、沒有豪宅、沒有大廳……

接著，他問：「如果台鐵請你研發新型的火車，你會怎麼做？」

一想到要創新，就讓人傷透腦筋。

但沒想到，火星爺爺這麼說：「這時，就要跟沒有借東西。」

「跟沒有借東西」絕對是整篇演講的經典概念，因為他翻轉了沒有的意義，沒有不是空無一物，而是還未發現。

因此，沒有反而是最大的富有。

角度二：「不便」能給你什麼？

火星爺爺在八個月大時罹患小兒麻痺，直到七歲都還不會走路，後來會走路了，但必須一輩子拄著拐杖。

很不方便對吧？火星爺爺接著告訴你：「我沒有你方便，但你的天使沒有我多。」

怎麼說呢？

當他在路上拉著行李趕路時，會有好心人幫忙拉行李；

當他遇到下雨天撐傘不便時，會有好心人幫忙他撐傘；

當他要搭飛機無法上台階時，會有好心人直接抱他上去。

這些好心人就是他生命中的天使。

當你以為他不良於行，處處受限。但火星爺爺卻告訴你，他曾兩次橫渡日月潭、跨越北極圈、拍過微電影。

不便，卻讓他努力走得更遠、飛得更高。

角度三：「下班」能給你什麼？

說到下班，你會想到什麼？吃飯、逛街、睡覺、看電影，總之，下班意謂休息。

但你看火星爺爺怎麼說：「我介紹五個人給你認識，這五個人分別是記者、攝影師、企業家、工程師、物理學家。但下班之後呢，他們就變身成超人、蜘蛛人、蝙蝠俠、鋼鐵人、綠巨人。」

「這五個人的故事帶給我們什麼啟示？答案是：超人的偉大事業都是從下班後開始的。」

你看，是不是再一次從新的角度切入「下班」呢？

所以當你的工作不是你的夢想時，別只顧著抱怨和妥協，因為你還有一個扭轉人生的時間，叫做下班時間。

「換個角度切入」是演說中的必殺技，聽眾以為你要向東，但你偏急轉向西；聽眾以為你一路向南，但你卻一路往北。於是，他們自然就停了下來，轉向，跟著你跑。

因為你就是聽眾思維的引路人！

25 林藝畢業演說

別急著激勵聽眾，先做好「同步共鳴」

每到畢業季，大學畢業典禮的重頭戲就是「來賓演講」。就像是職棒請來賓開球一樣，聽眾都屏息以待，是誰來開講。

當然，對學校來說，這不是一件容易的事，因為找來的講者也就代表校方的格局，所以最常見的就是找知名的成功人士跟畢業生分享成功之道。像是哈佛大學畢業演講曾請來臉書執行長馬克．祖克柏，台灣大學畢業演講則請到創業家李開復。不過，台灣師範大學的畢業演講令人耳目一新。

說起師大，你會聯想到什麼？沒錯，就是培養教師的搖籃。因此，照理說應該會請在教育界擁有一席之地的大師來開講。但師大卻跌破眾人的眼鏡，畢業典禮上，上台致詞的是一位剛從師大畢業沒多久的年輕女生。

她是林藝，畢業於師大生命科學系，是寶島淨鄉團的創辦人。她曾投入教職，但卻又離開教職。若照社會的既定價值來看，她和我們認知的有權有勢的成功人士，好像有一段距離。不過這場演講，卻造成廣大的迴響和轟動。

這是怎麼一回事？從演說的觀點來看，林藝最成功的地方，就在於她掌握了演說的關鍵：「同步共鳴」。

所謂的同步共鳴，指的是講者能掌握聽眾的屬性，講出他們的心聲，就能建立與聽眾之間的信任。

我們來看看林藝如何建立與聽眾間的同步共鳴。首先，是「身分」上的同步共鳴。

「我是林藝！是生科系一〇一級的學姐，聽到我是一〇一級的，就知道我已經畢業五年了，不知道在座各位學弟妹們有沒有想過，五年之後，你會是什麼樣子呢？或許你不太知道，但沒關係，因為五年前的我，也不知道今天會站在這裡！」

聽眾是大學畢業生，你覺得對他們而言，是學姐親近，還是功成名就的企業人士親近？

沒錯，當然是才剛畢業沒多久的學姐親近，那麼，這樣的開場策略就奏效了。

其次，是「行動」上的同步共鳴。

這是演講中第一次關鍵轉折，林藝提到，當她到學校實習，在課堂中講到保護環境的重要性，在台上講得口沫橫飛，自己都感動得亂七八糟。但沒想到，下課後有一位學生問了她一個問題：「老師，妳今天上課講了好多守護環境的例子，那妳有沒有做過什麼呢？」

「當下我才發現，我什麼也沒做！老師應該要是學生的榜樣，但我根本什麼都沒做，哪來的榜樣？我的課一點說服力也沒有，全部都是空話。我這麼喜歡大自然，如果連我都不行動，那誰要行動？又怎麼叫學生行動？」

對於台下的畢業生而言，這段演說是有說服力的，因為每個畢業生在這四年中，也是學到無數理論和知識，正準備躍躍欲試，在講台上大顯身手。但突然被點醒，我們在知識之外的行動呢？

「是啊！我們的行動呢？」當聽眾這麼想，共鳴順利連線完成。

之後，林藝成立寶島淨鄉團，在五年中，舉辦了三十次活動，累積號召四千人一起以行動守護環境。

最後，是「夢想」上的同步共鳴。這是整場演講最厲害的地方，因為社會對師大畢業生的期待是「成為好老師」。

但其實你知道嗎？在少子化衝擊、教甄錄取率低、教師的社會地位逐年降低的情況下，許多師大的學生不再把老師視為唯一出路，而努力走出自己的另一條路，但是過程中難免會迷惘。畢竟，念師大若不是為了成為老師，那是為了什麼？

好，我們來看看林藝怎麼說。

她先是放棄了人人稱羨的教師鐵飯碗，不是當老師不好，而是那不是她嚮往的自己。那什麼是她嚮往的自己呢？答案是主持人。於是她參加比賽，努力爭取機會，終於一步步成為她想要的自己。接著這一段話就令人格外有共鳴：

「一路上我不斷逢山開路，遇水架橋，直到今天，我主持了五、六十場活動，也主持過電視的外景節目，主持人正式成為我的一個身分。如果你想成為自己想要的樣子，你覺得你對某件事情有天分，你必須努力讓別人看見你。不會有人經過你旁邊看到你，就給你機會，不會有人在下一個路口，拿著你理想工作的聘書等你，你必須要很努力，才能成為你自己。」

夢想其實很簡單，就是成為你自己想要的樣子。但夢想其實也不簡單，你必須很努力才能逃離社會的規格化。

林藝講出每個人深藏心中的那份悸動：想飛，但怕摔，於是只好回到安穩的巢穴中，最後看著夢想逐漸老去。

這就是演講中「同步共鳴」的力量，頭銜和成就在演說中占有說服力上的先天優勢。但別忘了，聽眾跟我們一樣是芸芸眾生，會為夢想感動、為奮鬥流淚、為悔恨搥胸，要成為一名優秀的講者，你所要做的，就是找出你和聽眾之間的「同步共鳴」。你也理解人生不容易，同理世道不平，但你會帶領他們跟隨你的腳步，一步步看見做自己的精采。

26

飛利浦教練激勵選手

當他身陷絕境，你如何一言逆轉？

我超愛《灌籃高手》這部漫畫，前前後後看了十幾遍，而讓我印象最深刻的一場比賽，是湘北隊對上翔陽隊。

湘北隊是名不見經傳的球隊，翔陽隊是神奈川縣傳統強隊，僅次於海南隊。

翔陽隊最大的優勢就是人高馬大，先發球員平均身高一九〇公分，像是會後仰跳投的花形透、耐力驚人的長谷川。而湘北隊雖然陣容很有潛力，但櫻木尚未成熟，三井體力透支，眼看這場比賽就要輸了……

可是，安西教練喊了一個暫停後，讓這盤死局，步步成活，湘北隊竟然超前了。

不過這時，一位個頭矮小的球員從板凳區走了上來，外套一卸，就直接上陣，原來他是翔陽隊的球員兼教練藤真。

藤真一上場，局勢立刻又扭轉回來。但安西教練只是靜靜地，等待翔陽隊出現破綻。

最後，湘北隊再次逆轉戰局，讓翔陽隊流下了悔恨的淚水。

看完比賽，海南隊的王牌阿牧說了一句話：「如果翔陽隊有一個不錯的教練，讓藤真可以無後顧之憂地打球，或許今天的結果就不一樣了吧！」

在《灌籃高手》中，看明星球員對尬，不管是流川對澤北、赤木對魚柱、櫻木對河田都很痛快，但是，真正精采的是教練鬥法。

湘北隊很快就在陵南之戰體驗到了翔陽隊的痛：因為安西教練住院了。不過，在主角威能的加持下，最後還是化險為夷，擊退強敵，但也令人嚇出一身冷汗。

教練，是球場上的隱形球員，必須設計戰術、破敵應對。但是，當對手強大到讓選手絕望，一切戰術都施展不開時，那該怎麼辦呢？

還真發生這樣的事。

在女子網球杜拜公開錦標賽中，來自俄國的二十一歲小將戴莉亞，面對溫網冠軍加比涅，一路挨打，不僅無法破發，連自己發球局也保不住。

第一盤結果三比六，與天博弈，毫無勝算。

中場休息，戴莉亞頹喪地坐在休息區，從來沒那麼絕望過。但是，她的教練飛利浦走上前，對她說了一串話，就只有一分鐘的時間。結果，這一席對話，竟然讓戴莉亞判若兩人，以七比六、六比一，連拿下兩盤，成功地逆轉這場比賽。

飛利浦教練到底說了什麼？

我把他稱為「一言逆轉」的教練引導術。

一、換框

當戴莉亞絕望地說：「我不知道該怎麼做，我就是破不了她的發球，我已經無技可施了。」

如果你是教練，你會怎麼回應？

大部分的人會開始下指導棋：「妳就這樣這樣打就好啦！」

雖說旁觀者清，但此時並不適用。

我們來看飛利浦教練怎麼說：「妳沒有必要這麼說，我們都不需要揣測這些事，對嗎？」

「妳已經非常接近破發了，真的非常接近了，所以妳需要保持絕對冷靜，等待下個機會出現。」

注意到了嗎？這招叫做「換框」。

選手只看見自己沒破發，掉了分數，對自己感到失望。

但教練設法幫選手「換框」，掉了分數不打緊，重要的是，妳已經接近破發，下一次一定會破發。

他讓選手看見自己做得好的一面，縮短選手的沮喪時間，才能把心力花在迎戰對手。

二、建議

換框思考目的在排解選手的沮喪，讓她能冷靜下來，接受教練下達的戰術指令。

飛利浦教練接著說：「我有一個重點建議，到目前為止，妳的每個破發點都攻擊對角線，對嗎？所以當下個破發點來臨時，妳就試著打直線，勇於改變策略，懂嗎？」

你看，這就是「重點建議」，不用說多，只要一個重點就好，一個可以讓選手改變的策略就好。

前提是，要先能冷靜下來，「重點建議」才會奏效，所以，這就是為什麼要先做換框思考。

「高明的戰術」需要搭配「清醒的腦袋」，要有「清醒的腦袋」，首要目標就是「排除情緒障礙」。

三、造境

畫家用畫筆留住美景，攝影師用底片留住瞬間，教練是可以透過語言為選手造境的，哪怕是那根本還沒發生。

我們看看飛利浦教練怎麼說：「妳要繼續奮鬥嗎？妳看現在氣氛多好啊！

這一切多美好，天氣很好，球場座無虛席，我們乾脆再戰兩個小時啦！上吧！我的冠軍。」

這段話太魔性了，明明是一場被電的比賽，但教練卻透過語言的「造境」，讓現場好似風光明媚、希望無窮。

神奇的事情發生了，原本哭喪著臉的戴莉亞，竟然笑了。

這一笑，就注定她會笑擁這場比賽的勝利。

我強烈建議，這支影片至少要看二十遍，最好看到倒背如流。

我們也許不會當別人的教練，但是我們更多的時候會是自己的教練。

當你與天博弈，如何勝天半子？記住，先用「換框」排除沮喪；再用

「建議」重建戰術；最後用「造境」建構藍圖。

看見勝利女神的微笑了嗎？

是的，那微笑是屬於你的。

27 歐陽立中冠軍演說

如何為故事霰彈槍上膛？

我曾參加一場演說比賽，那是由中廣舉辦的演說家擂台賽，相當於對岸的超級演說家。

因為是全台賽事，所以高手雲集，而我一路從初賽、複賽，打到最後決賽。

當時，我面對到一個難題，就是決賽題目我到底該講什麼才好？

決賽在即，壓力非常大，因為這是一場全台關注的比賽。

我在十強複賽的成績是第六名，不上不下，有評審很喜歡我的演說方式，認為我的故事精采、觀點獨到；也有評審不是那麼喜歡我的演說，認為演說腔太重，不夠自然。這是因為我從小到大都不斷在鑽研演說的技術。過去我比的是即席演說比賽，抽完題目後，三十分鐘後就要上台演說，長久地磨練下來，早已身經百戰。

不過，也因為演說時，本能反應會進入「比賽模式」，自然會帶有一種「練家子」的感覺，有評審告訴我這樣的演說太「匠氣」。

但我想說的是，匠氣的背後其實是一萬個小時的努力啊！

說到底其實有些悲傷，在即席演說的舞台，我始終無法奪冠，老是拿第二名；而來到中廣的擂台，我卻被說太匠氣，眼看連得名都有困難。

如果是你，你會怎麼辦？是立刻迎合別人的期待，放棄苦練一輩子的技術呢？還是堅持做自己，正面對決，即使輸了，姿勢也會很豪邁。

我作了一個決定，那就是，相信自己的天賦和努力。

匠氣就匠氣吧！但我要告訴全世界匠氣背後的「工匠精神」。

這場「中廣演說家」擂台決賽，我選擇的講題是「做第二個登月的太空人」。

題目靈感來自於電影《三個傻瓜》，裡面有一段劇情是這樣的：教授問學生，第一個登月的太空人是誰？

學生們回答：「阿姆斯壯。」

教授緊接著問：「那第二個呢？」

學生們面面相覷，答不上來。

於是教授告訴學生：「所以你們人生一定要當第一名，因為沒有人會記得第二名。」

我對這段情節又愛又恨，它既寫實又殘忍，第二個登月的太空人真衰，慢一步就注定被世人遺忘，不就像是我們明明付出所有，卻因為無法奪冠而獨自落寞嗎？

我默默將故事霰彈槍上膛，要讓世界聽見我們第二名的人生。

一、故事：最動人的是自己的故事

聽眾不見得會記得你的成功，但他們會記得你奮戰不懈的身影。

我先把自己比喻成第二個登月的太空人，在演說的舞台上總是萬年亞軍。

小學比的是國語演說，國中比的是相聲，高中比的是辯論，但不論怎麼比，總會遇到強大的對手阻擋在我的面前。

我總望著天才們的背影，卻怎麼追也追不上。

在演說、相聲、辯論的舞台上，對手們是阿姆斯壯，而我是第二個登月的太空人。

直到後來，我才發現那些看似徒勞的奮鬥，總會在人生的某一個時刻給予你最真摯的回報。

因為演說讓我練就舞台魅力、相聲教會了我說學逗唱，而辯論則讓我學會了正反思辨。後來我在教甄脫穎而出，也得到很多對外演講的機會，一圓演說夢。我這才驚覺這些挫敗都是生命中最好的安排。

二、新知：最引人的是聽眾不知道的事

在演說中，除非你是A咖，聽眾迫不及待想聽你的人生，否則，其實要吸引聽眾更好的方式是，講他們沒聽過的新鮮故事或是新奇知識。

當我講完我的第二名人生的故事之後，我請來了一群亞軍王來當我的代言人。

首先是NBA的球星Jerry West，生涯九次打進總冠軍賽，卻拿了八次亞軍，但他卻是史上唯一在總決賽失利，卻拿到最有價值球員的殊榮。至今，NBA商標採用的就是Jerry West運球的身影。

再來是知名辯士黃執中，他以前參加的辯論賽中，得到的亞軍多到數不清，但他繼續精進辯論的技術，最後他奪下對岸知名節目《奇葩說》的冠軍，闖出自己的一片天。

第一名的名人故事聽眾早已耳熟能詳，但第二名的故事對於聽眾而言卻是新鮮的，說聽眾沒聽過的事，提供新知，他們就會以無比的專注來回報你。

三、爆點：最讓人忘不掉的是你的爆點

有好的故事，演說就成功了一半。那麼另一半呢？就要靠你的爆點設

計。爆點就是打破聽眾的預測機，一旦你成功說出出乎聽眾意料之外的內容，你的演說就會被他們記住一輩子。

那要怎麼設計呢？答案就是「埋引線」。

在這篇演說中，我埋了兩個引線，一個是「第二個登月的太空人」，另一個是「媽媽再也沒有來看我比賽，因為不忍心看我難過」。

在演說的最後，就要點燃引線，讓它成為爆點。

第一個爆點是，真的有第二個登月的太空人，他的名字叫「巴斯・艾德林」，你也許不知道他是誰。但是若你有看過《玩具總動員》，裡面有一個角色，叫做「巴斯光年」，就是為了向巴斯・艾德林致敬。

還記得，當我講到這裡，全場聽眾一陣驚歎，因為他們沒想到原來熟悉的故事裡，隱含著有他們全然不知的奮鬥人生。

第二個爆點是，我媽出現在比賽現場。

當我前面提到媽媽再也沒來看我比賽，聽眾預期的心理是這一場也不例外，因此，當我最後說出：「中廣演說家的舞台，就是我的月球。如今，我的媽媽也來到現場。」全場聽眾又是一陣驚呼，因為母親的形象從原先的故事裡走了出來，讓他們更能深切地體會到，那些年我不甘的淚水，與母親的不忍。

是的，埋好引線，在適當的時刻點燃，就能引爆全場的目光和驚呼。

在我人生中最重要的一場演說比賽，我傾盡全力，為故事霰彈槍上膛。在十二分鐘的演講裡，我說了一個電影故事、四段人生故事、三個名人故事，合計八個故事。

至於結果呢？評審們分別給我以下的講評：

資深媒體人趙少康說：「我聽你題目時，想說你講太空人做什麼呢？原來談的是第二名精神，非常厲害的隱喻。」

廣告才子范可欽說：「我最討厭你這種參賽者。為什麼呢？因為你太狡猾了。若我給你第二名，第二個登月的太空人的故事不就重演了嗎？那太殘忍了。」

知名主持人蘭萱說：「之前複賽時我說你的演說很匠氣，但是今天決賽我才明白，你的匠氣其來有自，因為你講了一個執著於演說技藝的奮鬥故事。這太動人了！」

賈伯斯曾說：「你無法預先把現在所發生的點點滴滴串連起來，只有在未來回顧今日時，你才會明白這些點點滴滴是如何串在一起的。」

是的，我把自己過去亞軍不甘心的淚水，點點滴滴串連起來，最後，這些亞軍的故事，為我奪得了人生中最重要的一座演說冠軍。

28 馬雲演說

如何成為金句之王？

相信你一定有這種經驗，一打開ＦＢ和ＬＩＮＥ，就常被馬雲的金句圖洗版，有些是真的，有些是來亂的。

來亂的？是啊！有些網友打一串字，再配上馬雲的圖，移花接木後就變成馬雲的金句了，儘管他根本沒講過。

不過，釐清哪些真的是馬雲說過的，其實一點也不重要。重要的是，從這段馬雲金句圖的流傳，我們可以發現兩件事：

1. 馬雲事業很成功，所以說話有說服力。
2. 馬雲非常會演說，而且榮登金句之王。

在演說中，我喜歡這麼比喻：「故事，是宇宙；金句，是閃電；辭采，是廚餘；而說教，則是通往地獄的道路。」

所以只要你學會故事和金句，你就可以在聽眾的天空中打下一記閃電，讓他們永生難忘。

事業成功那要看個人的造化，但至少我們可以從馬雲的「演說道」，來學學他如何打造一句又一句讓人刻骨銘心的金句。

一、三層意外性

馬雲在金句設計上常運用「三層意外」，每一層都要打破聽眾的既定認知。比方說在演說中，馬雲談到「創業」這件事，照理來說，他是成功的創業家，大家對創業也都充滿憧憬。

但馬雲卻這麼說：「創業不會給你帶來幸福感（聽眾詫異），但創業會給你帶來快感（聽眾叫絕），而快感的背後會帶來許多痛苦（聽眾頓悟）。」

發現了嗎？先顛覆你的認知，再解釋原因，就是馬雲的「三層意外」金句設計。

再舉一個例子，馬雲同樣談創業，他曾這麼說：「今天很殘酷，明天更殘酷，後天很美好，但大部分人都死在明天的晚上。」

今天很殘酷，我們還能理解，但我們會預期下一句是明天很美好，所以當馬雲告訴你明天更殘酷時，會讓你一驚，直到他告訴你後天很美好。

這句話立刻就有時間的縱深，意指很多人挺得過今天，卻捱不過明天，最後無緣見到後天的美好。所以，跳脫二維的金句思維，試著用三維的層次來設計金句，就能收到奇效。

二、重新定義法

馬雲打造金句的第二招是重新定義概念，把過去我們所聽過的老生常談，用他獨特的「馬式思維」來詮釋，像是馬雲談何謂幸福，他這麼說：「真正的幸福感是知道自己在做什麼，知道該給別人什麼，你就會逐漸從痛苦中找到快樂。」

如果照一般認知，會覺得幸福就是家庭和睦、朋友環繞，但馬雲卻從創業的角度，重新定義幸福。

原來，真正的幸福是找到自己的定位。

再舉一個例子，馬雲怎麼談「成功」？他說：「要成功，需要朋友；要取得巨大的成功，需要敵人。」

這個金句重新定義成功的方法，有朋友，眾志成城邁向成功，這很好理解；但是有敵人，這就令人費解了。

原來，馬雲想說的是，因為敵人是最懂你的，所以在強大的競爭壓力下，你才會成長蛻變，迎向巨大的成功！

三、抽象具象化

馬雲的金句之所以好記有一個重要關鍵，就是他很擅長用聽眾有共鳴的事物作連結。既生活化又淺顯明白，自然讓人念念不忘。

像是馬雲在這場演說中告訴聽眾要永遠保持樂觀，他這麼說：「我沒有理由站在這裡，唯一的理由就是我比同齡的人更樂觀、更加會找樂子，用左手溫暖右手，相信明天會更好。」

樂觀，是一個老生常談的概念。但對於抽象的概念，在金句設計上就要讓它具象化。所以他說「左手溫暖右手」，指的就是你要常給自己鼓勵打氣。

再舉幾個例子，像是馬雲談競爭，他說：「槍聲一響，你不可能有時間看對手是怎麼跑的，只有一路狂奔，往前衝！」

競爭是抽象概念，但他用賽跑具象化。像是馬雲談才華，他說：「懷才就像懷孕，久了總會看得出來。」

才華是抽象概念，但他用懷孕具象化。

記住，金句是閃電，短而有力卻刻骨銘心，趕快偷學馬雲的金句設計，透過「三層意外性」、「重新定義法」、「抽象具象化」，你就不必再費心判斷網路流傳的馬雲名言是真是假，因為，你自己就是金句之王。

CHAPTER 5

知識型演說

讓聽眾滿載而歸，是你的義務

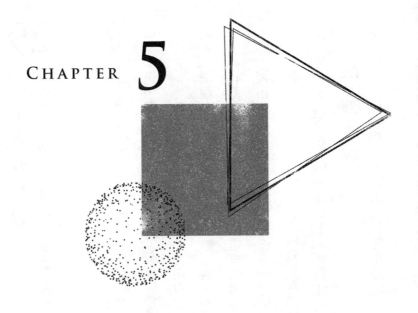

29 三層收納櫃法

你暢談知識，為何聽眾失去意識？

如果你帶一位外國客戶去逛夜市，想要讓他感受台灣美食的魅力。但是，攤位那麼多，你要怎麼跟這位外國客戶介紹夜市美食呢？

我想你會這樣介紹：「夜市有很多好吃的，像那邊有超大雞排、魷魚羹麵，還有臭豆腐、咖哩飯，啊～如果你想喝珍珠奶茶，夜市後面有。還有還有，你一定不能錯過這裡的雪花冰，吃完暑氣全消！啊，我忘了說，夜市的麻辣鴨血也是一絕……」你滔滔不絕地講，卻沒發現對方已恍神。為什麼呢？因為一下子太多資訊塞進他腦袋裡，根本來不及整理吸收啊！

真正厲害的表達高手，面對任何情境，他在腦海會先做一件事，叫做「分類」。

他會想：「夜市食物如果分成三類，會是哪三類呢？」於是他把夜市食物分成正餐、小吃、甜點。接著，把腦海裡最愛吃的食物，分門別類放進這三種類別裡。最後，他會跟外國客戶這麼介紹：「John，夜市是台灣的獨特文化，這裡有非常多的美食。如果你想吃正餐，先填飽肚子，那麼我推薦咖哩飯、魷魚羹麵；如果你想品嘗小吃，打打牙祭，那麼紹太雞排、臭豆腐、麻辣鴨血是好選擇；如果你想吃甜點，我推薦珍珠奶茶或是雪花冰。希望今天能給你特別的美食體驗！」

你看，這就是分類的力量。從一開始的七種資訊，變成三種類別，瞬間降低選擇難度，提高理解程度。

明白分類表達的邏輯後，接下來就可以進一步來談「知識型表達」的架構：「總分結」架構。這個架構分成三個層次，分別是「總述主題」、「分述內容」、「總結論點」。

一、總述主題

顧名思義，就是你一開始，就要把焦點放在「主題」上。可以從這三個面向著手。第一，告訴聽眾為什麼要談這個主題？這就是黃金圈理論中的 Why，從動機出發。第二，這個主題跟他們有什麼關係？想辦法讓主題連結聽眾的生活經驗，引發聽眾的共鳴。第三，你鑽研這個主題多久了？成果如何？這樣做的目的在樹立專業感，取信於聽眾。

舉例來說，如果主題是「魅力表達」，我會這麼說：「前幾年，有本書叫《99％的人輸在不會表達》，攻占各大書店暢銷榜。這證明一件事，很多人害怕因為不會表達，而失去成功的機會。（動機）各位，換個情境，想想你工作的職場，每次開會，老闆問有沒有人有想法時，你是腦袋一片空白？還是明明有想法，卻不知怎麼開口？如果是這樣，你可能就只能眼睜睜看著機會一次次被那些勇於舉手表達的同事端走了。我不知道你甘不甘心，但如果是我，一定會很遺憾。（共鳴）我鑽研魅力表達有十年的經驗，曾得過中廣演說家擂台賽冠軍，還推出兩門表達線上課程。藉由今天的機會，我想跟你分享幾個魅力表達的技巧。（專業感）」

二、分述內容：三層收納櫃

準備演講最難的就是，你腦袋有很多東西想講，但卻不知道該從何講起。你一定聽過有些演講，講者很認真講了一堆，但你根本都記不住。因為他只是把知識原封不動地塞給你，卻沒幫你分裝。因此，若你想成為出色的表達者，在設計表達內容時，一定要有「三層收納櫃」思維

首先，先列出所有跟這主題有關，而且是你想談的關鍵詞。建議可以用便條紙，在一張便條上寫一個關鍵詞，寫完後，把它們都貼在牆上。

比方說關於「魅力表達」，我在便條紙上寫下的關鍵詞有：類比、顛覆、故事、金句、隱喻、信念、畫面、五感、道具……

其次，想像你有三層收納櫃，你必須把這些關鍵詞，分門別類放進去。如果每一層收納櫃都要取個名字，那會是什麼？

承接上面例子，我開始構思三層收納櫃，決定分別叫做：自我介紹、觀點設計、故事攻心。

自我介紹是第一層，收納：類比、畫面；

觀點設計是第二層，收納：顛覆、金句；

故事攻心是第三層，收納：信念、五感、隱喻。

最後，牆上還會剩下一些無法歸類的便條貼，請你大膽地撕掉它。不是它不好，而是它會成為聽眾腦海裡多餘的雜訊。

接續上面例子，最後剩下「道具」這張便條貼，即便我很想講，也得忍痛放棄。

我知道，你可能會問：這三層收納櫃該怎麼取名？其實要看你的主題而定，但在我腦海中，的確是有些「收納櫃模組」可以給你參考：

1. 時間收納櫃：過去、現在、未來
2. 空間收納櫃：北部、中部、南部
3. 程度收納櫃：初級、中級、高級
4. 格局收納櫃：一流、二流、三流
5. 步驟收納櫃：第一步、第二步、第三步

三、總結論點

「知識型表達」要怎麼收尾呢？很簡單，你開場說什麼，結尾就呼應什麼。通常總結論點我會做兩件事。第一個是「重申論點」，千萬不要以為你前面都講過了，聽眾就會牢牢記住，沒有人有義務記住你說的話，除非你不斷重申。第二個是「最小行動」，你可以告訴聽眾，聽完演講後，他們回去要做到最簡單的一件事是什麼。要知道，聽眾感動也好、激動也好，都不如回去展開行動。

同樣以「魅力表達」主題為例，我會在結尾這麼說：「各位，我們都希望在職場上，自己的努力能被溫柔以待。不過前提是，你要懂得自我表達。透過吸睛的『自我介紹』、獨特的『觀點設計』，以及動人的『故事攻心』，你將在職場閃閃發光。（重申論點）當然，千萬感動不如一個行動，聽完演講，我請你回去後開始做一件事，那就是跟人聊天時，試著分享你對某件事物的看法，可以是時事，也可以是電影或書。」

讀完這一篇，你心裡有沒有踏實一點呢？其實，你不是不知道要講什麼，而是不知道要從何講起。記住，表達的關鍵永遠是「以簡馭繁」，複雜概念要用類比、繁多知識要用分類。相信這次你的聽眾，一定聽得懂又記得住！

30 降級類比法

複雜概念如何說到讓人秒懂？

我在教表達課時，開場都會先進行一個活動，叫做「我拍你猜」。有次，我邀請一位聽眾阿浩，把他帶到後台，給他一首歌。確認他知道這首歌後，我請他在聽眾面前，用手打拍子，拍出這首歌的節奏。

開始前，我當著所有人的面問阿浩：「你猜等下有多少人會猜中？」阿浩想了想說：「我覺得一半吧！因為這首歌真的很簡單！」

於是阿浩開始用手打節拍：「啪．啪啪．啪啪啪啪．啪啪啪……」拍完之後，我問大家：「來，請問阿浩拍的是哪一首歌？」大家都愣住了，彼此互看。

我說：「沒關係，猜猜看，猜錯沒關係。」

有人開始舉手回答：抓泥鰍、小星星、望春風……但都不是阿浩拍的歌。我還記得，阿浩當時瞠目結舌，一臉不可置信的表情，那麼簡單的歌，竟然大家都猜不到？

其實，這是史丹佛大學曾做過的一個研究，研究者被分為「打節拍者」和「猜歌者」。打節拍者拿到一張常見歌單，要打節拍給猜歌者聽。「打節拍者」預測聽者答對率是百分之五十，沒想到結果出來後，聽者的答對率只有百分之二點五。

為什麼會這樣呢？原來，打節拍的人在敲歌時，腦海中已有旋律。但是對猜歌者而言，他們是聽不到旋律的，只聽到一串敲擊聲。

從表達的角度而言，這叫做「知識的詛咒」。講者在演講時，腦內迴盪知識的旋律，所以他認為聽眾應該都知道，但沒想到，聽眾根本聽不懂。這種狀況特別容易發生在「知識型演講」，明明是要傳遞知識、啟迪聽眾，最後卻讓聽眾墜入五里霧之中。

提供一個我很愛用的表達技巧，叫做「降級類比」。什麼是「降級類比」？假設你要講的知識點是 A，請不要直接解釋 A 是什麼。你要先讓思維往下降，想想看什麼東西跟 A 很像，而且聽眾一定知道，這東西就是 B。簡言之，降級類比就是「用聽眾熟悉的 B 東西來解釋 A 知識」。

這樣做效果差別有多大？來，假設你今天參加一場醫學講座，主題是談「ADHD」，也就是俗稱的過動症。下面哪一種說法，比較容易讓你記得住？

第一種：ADHD 是一種神經病學失調，與大腦額葉的過度不活躍模式有關，特徵是注意力渙散、過動與衝動。

第二種：ADHD 就像是大腦有法拉利的引擎，卻配備腳踏車的煞車。要是能讓煞車強大一點，就能變成賽車冠軍。

一定是第二種對吧？因為第一種表達方式，你腦海中會浮現更多問號，什麼是神經病學失調？什麼是額葉？什麼是不活躍模式？因為這種表達，是講給有醫學背景的人聽的。而第二種表達方式，你腦海中馬上浮現賽車和腳踏車，那是你再熟悉不過的東西了。

當然，要看你演講場合是什麼？如果是學術研討會，聽眾都是該領域的行家，你就盡情說行話、講術語。但如果是一般演講，聽眾都是普羅大眾，你在設計演講內容時，一定要不斷「降級類比」，因為那會達到兩種強大效果。

第一種是「軟化知識」：有吃過泡麵吧？你都怎麼吃泡麵的？是不是先加熱水，放個幾分鐘，等泡麵軟了再吃？有人是直接啃整塊泡麵的嗎？同樣地，你要講的知識，就像是整塊泡麵，不是不能吃，只是不可口。你用類比熱水泡下去，知識泡麵軟了，調味料也入味，不是好吃多了嗎？

我的講師朋友張忘形曾登上TED演講，演講主題是「我們不需要堆疊專業，只需要為聽眾開一道門」，談他為何要推廣「忘形流簡報」。演講中，他舉了一個例子，有次媽媽要他吃苦瓜，他不肯，媽媽就念他老吃速食，越吃越胖。可是他心想，啊～速食就好吃，苦瓜就難吃啊！突然，他從中領悟一個道理：「你的東西很棒，但如果對方不吃，又有什麼用？」這時，他切回知識點，告訴大家複雜的資訊就像苦瓜，很營養卻難吃；如果你會「忘形流簡報」，就能讓複雜的資訊變得像速食一樣好吃。你看，這就是一個高明的類比！用你熟悉的苦瓜和速食，讓你理解簡化資訊溝通的重要性。

第二種效果是「活化氛圍」。當過學生的人，一定有這種經驗，雖然老師講的內容聽得懂，但就是覺得無聊。為什麼呢？因為課本內容通常是客觀陳述、一板一眼，如果老師沒有獨特的演繹，課堂上當然就死氣沉沉。但是，如果你的描述裡不斷安插「降級類比」，就能夠活化氛圍。

舉兩個例子來看，知名補教名師呂捷，他在課堂上講三國故事，講到劉備打敗仗，是這麼說的：「劉備的軍隊是常常被沖散的，你知道我怎麼形容嗎？即溶奶粉，噗呼一下就沒了。」

知名體育主播徐展元，他的棒球播報讓人印象深刻，因為他擅長類比，像是描述全壘打，他會說：「這個球，像是變了心的女朋友，回不來了！」、「這個球，像是斷了線的風箏，飛出去啦！」這些都是透過生動的類比，讓本來聽眾就知道的事，再次活化起來。

好，重點來了，你平常可以怎麼練習「降級類比」呢？這裡提供你三招練習方式：

第一招：一句話電影。

好萊塢的片商為了確保新電影能被大眾迅速接受，因此他們有個策略叫做「高調宣傳」，想辦法用一句話介紹新電影，既要讓大眾聽懂，又不能劇透爆雷。例如《異形》就是在太空船上拍的《大白鯊》、《捍衛戰警》是改在巴士拍的《終極警探》。你發現了嗎？這種類比重點在於「模式識別」，你得找出新電影和舊電影的相似之處，並歸類收納進你的類比系統。

給你幾部電影你練習看看：《阿凡達》、《KANO》、《刺激1995》。試試看怎麼一句話，用其他電影來類比吧！

第二招：幼稚園百科。

愛因斯坦曾說：「如果你無法簡單說明，就代表你了解得不夠透徹。」

請你想像一下，你在編一本給幼稚園小朋友看的百科全書，你要想辦法不用任何專業術語，只用他們能懂的概念來解釋萬事萬物。例如怎麼解釋「細胞」？你可以說：「細胞是組成你的小水袋。」或是你會怎麼解釋「原子筆」？你可以說：「原子筆是寫字用的棒子。」這招練習的重點在於「詞彙簡化」。（對了，偷偷告訴你，還真的有這樣的一本「幼稚園百科」，這本書叫做《解事者》，以上兩個例子都是從這本書來的喔！）

提供幾個事物，請你練習看看：衛星、元素週期表、信用卡，要如何解釋讓小朋友都聽得懂吧！

第三招：情境照相機。

有次知名爵士樂手約翰·克特蘭掉了一顆門牙，他的朋友說他笑起來像鋼琴。這就是有畫面感的類比，牙齒像白鍵，缺牙處像黑鍵。所以，你要練習描述情境時，可以多加一句類比，就像照相機喀嚓一聲，相片就在聽眾腦海裡沖洗出來。例如，描述火車很擠，你可以說：「我都快被擠成相片了！」描述麵很Q彈，你可以說：「這麵簡直在我舌頭上跳街舞。」

再給你幾個情境練習看看：

1. 天氣很熱，你走在馬路上。
2. 輪到你上台報告，你非常緊張。
3. 得知成功錄取，你超級開心。

賈伯斯曾說過：「簡單比複雜難！」確實，還記得以前的手機公司都是在比拚功能，所以按鍵越搞越多。但賈伯斯重新定義了手機，讓它一鍵搞定，甚至到現在根本沒有按鍵。表達也是一樣，很多人以為說越多越好，越有深度越能表現自己的程度。但大家都忽略了一件事，只要聽眾聽不懂、記不住，講再多再深都沒用。記得，在你準備演講時，好好檢查講稿和簡報，是不是全面「降級類比」了呢？

31 金字塔架構法

想推廣知識，就別從知識講起！

記得我第一檔線上課程「演說冠軍教你提升創造力，用故事說服人心」上線募資前，課程行銷告訴我：「歐陽老師，我們要來拍一支宣傳影片，長度大概兩分鐘左右。您別擔心，我們準備了一些範本……」

可能是過去有些人聽到要拍宣傳片，腦內頓時一片空白，所以後來公司都會準備一套公版宣傳講稿。

「謝謝你們的貼心，不過我比較喜歡自己寫講稿。」

我婉拒了公司的好意，課程行銷很驚訝，不過讓他更驚訝的事還在後頭。

後來我們約好拍宣傳片，拍攝行程表定兩小時，因為根據以往經驗有些講者會忘詞、吃螺絲，所以他們後來都會分段錄製，降低講者的焦慮，也多留點時間讓講者醞釀。

結果，我一鏡到底，不到半小時就錄製完成。團隊夥伴直呼不可思議！

這支影片播出後，引發熱烈的迴響，後來我那檔線上課，竟然破千人支持，創下佳績。

這時你會好奇，到底我那時是怎麼說服聽眾的呢？

我是這麼說的：「接下來我講的這個故事，可能會改變你一生。

有兩個樵夫去砍柴，一個年輕，一個年長；但年輕樵夫發現，老樵夫總是砍得比他多。於是他砍得更賣力，甚至還提早去砍柴。可是，他發現老樵夫還是砍得比他多。

過了一個月，他忍不住問了老樵夫：『為什麼我砍得比你用力、也砍得比你久，木頭還是比你少呢？』

老樵夫說：『年輕人，我每天回到家第一件事，就是磨斧頭。可是你啊！回到家就睡癱了，沒時間磨斧頭，斧頭都被你砍鈍了。我砍五下，樹就倒了；可你要砍十幾下，樹才會倒。』年輕人聽了，恍然大悟。

各位，你有沒有發現，我們的能力就像是斧頭。但有時候你不管怎麼努力，成果都不如預期，為什麼呢？因為你需要故事這塊磨刀石。

這次我開設故事力線上課程，我會針對職場當中需要表達的朋友以及教育工作者，用十五個章節帶你提升創造力，說服人心。

首先，我會教你如何構思自己的故事，讓你一開口就被記住；接著我會教你如何架構內容、布局故事，讓你的故事吸睛有效；最後，我會告訴你如何用故事溝通，藉由提問、隱喻、寓意，讓故事偷渡你的想法，成功說服對方。

我是歐陽立中，這是我的故事課，讓我用故事磨亮你的說服力！」

這場表達不僅效果好，更重要的是它不費事，你也可以輕鬆上手、說服聽眾。

說到「說服型表達」，我最愛用的表達公式，就是「金字塔架構」。這個方法最初是由芭芭拉．明托所提出，主要用在企業培訓思考和寫作。如果你有興趣，可以去找《金字塔原理》這本書來讀。當時我讀了之後，發現這套方法真正的價值，反而是讓人快速架構表達。

說服型表達的「金字塔架構」分成四個步驟，以下我逐步介紹，並搭配案例分析。

第一步・情境（Situation）

在你說服別人之前，你要先去想：

「有什麼情境是大家都會遇到的呢？」

「有什麼故事能引發大家深思的呢？」

說服最怕你一開始就呱啦呱啦講道理，聽眾卻一點都不在乎。

所以你要先製造情境，讓他們沉浸其中。

回到我的宣傳講稿，雖然我的表達目的是希望他們支持故事線上課。

但誰都討厭被推銷，所以一開始我的切入點是：「為什麼你需要故事？」

我用「樵夫砍柴」的故事當情境，引起聽眾的注意力，為我接下來的說服鋪路。

第二步：衝突（Complication）

故事一定要有衝突，因為衝突才會帶出困境，困境，就是說服聽眾的支點。

而這個衝突，必須從第一步裡的情境來。

回到「樵夫砍柴」的故事，裡面呈現出來的衝突就是，「努力砍柴卻還是拚不過別人！」

第三步：問題（Question）

說服的關鍵，在於你要打開聽眾的「好奇縫隙」，你的說服才能填補進去。

所以在這個步驟，你一定要點出問題所在，並且讓聽眾意識問題的嚴重性。

回到我當時的短講，為了讓聽眾有切身感，我把「斧頭」跟「能力」作連結，並且叩問聽眾：「但有時候你不管怎麼努力，成果都不如預期，為什麼呢？」

你看，當你聽到這裡，腦海出現努力的點點滴滴，以及事與願違的不甘心。

第四步：解答（Answer）

當聽眾意識到問題的嚴重性，你的說服才有機會奏效，因此你要給出問題的解答，緩解焦慮、迎來曙光。

接續我上一步留下來的問題，我給出的解答是：「你需要故事這塊磨刀石。」

當能力沒被故事磨利，你只會傻傻去做；功勞被別人端走，你只會抱怨，機會與你擦肩而過。

有故事的人，他會把自己的努力，寫下來、說出口、傳出去。

說服其實不難，難的是你想了千百個論點，卻沒意識到聽眾在乎什麼。
試試金字塔架構吧！它會讓你的說服力大增，從此事半功倍。

32 呂世浩TED演說

聽眾沒義務對你的知識感興趣，除非你這樣做……

記得我當年考上國文系的時候，很多人非常關切國文系未來能幹嘛，就他們貧乏的想像中，文科就代表前途茫茫。

在我們的人生中，一定會遇到這類的狀況，與其採取守勢，強裝修養往來應對；不如主動出擊，為自己的學識行銷。台大歷史系呂世浩老師的這場演講，就是「行銷學識」的最佳典範。

呂世浩回想當年讀台大歷史系時，大家聽到念台大，都是「哇！」的讚歎聲；但得知念的是歷史系，則是「喔！」的欷歔聲。

後來，呂世浩絕地反攻，以《秦始皇：一場歷史的思辨之旅》系列書打開知名度，更顛覆眾人對於歷史的想像，瞬間，歷史從當初的冷門學問，變成當今的實用之學。他到底怎麼做到的呢？秘密就在於呂世浩的這場演講之中。

一、破陳見：如何學歷史？

要「行銷學識」最重要的關鍵，就是破除過去的陳見，呂世浩說：「古代帝王菁英都要學歷史，他們是用思辨學歷史；但是現代教育是以培養工匠為目標，卻是用背誦學歷史。」

所以，不是歷史沒有用，是你學習的方法錯了。

這個破陳見非常漂亮，點出古今學習目的差別，自然也就造成實用之學被誤解為冷門學科。

那到底要如何學歷史呢？

呂世浩告訴我們：「讀到關鍵處，把書蓋上，想想看如果是你，你會怎麼做？」

這又是打破另一個成見，原來歷史不只是背背背，而是想想想。

先想你會怎麼做，再看古人怎麼做，最後造成什麼結果。於是，你從歷史中淬鍊出面對人生的智慧。

二、舉實例·張良撿鞋的故事

要證明學歷史要靠思辨，最好的方法就是示範一段，因此，呂世浩以《史記》中張良撿鞋的故事，帶聽眾理解怎麼讀歷史。

「老父要張良去撿鞋，如果你是張良，你會怎麼做？好，你可以往下看了，張良欲毆之，因其老，強忍。所以你看，張良仍是血氣方剛，而這也就是老父要教他的第一個課題，就是忍。」

呂世浩不斷在關鍵處停頓，讓聽眾試著換位思考，如果你是古人，你會怎麼做？而不是直接劇透，因為劇透，你只知道結果，但並未內化。

從張良幫老人撿鞋子，到黃石老人與張良約見面，張良遲到被要求重來，到最後張良提早到，終於得到老人傳授兵法，最後幫助劉邦滅強秦。

歷史不說空話，舉實例，就是為了證明歷史的大用。

三、立觀點：「能忍」、「爭先」成就霸業

呂世浩告訴聽眾，黃石老人透過撿鞋教會張良「能忍」；透過五日之約教會張良「爭先」，而這兩招就成為張良滅秦的必殺技。

兵法上說：「忍，始如處女，敵人開戶；先，後如脫兔，敵不及拒。」好，那張良到底怎麼把這兩招玩到極致呢？

呂世浩又用歷史再次論證，當劉邦想要先入關中，卻被秦國守將阻卻在外，劉邦想要硬打，但張良說我們打不贏，要賄賂守將才行，這是忍；當賄賂守將成功，對方打算合作，但張良說要趁現在進攻，這是先。

呂世浩從這段歷史「立觀點」：一個人想要成功，實力不足時，要能忍；機會到來時，要爭先。

這絕對是一場精采動人的演講，更重要的是，呂世浩透過「破陳見」、「舉實例」、「立觀點」，完全顛覆聽眾對歷史的想像，讓他們深深迷上歷史。

是啊！從來沒有冷門的學問，只有你懂不懂得捍衛領空，行銷學識，

才能讓你熱愛的事情，從此炙手可熱。

回到人家問我學國文能做什麼的問題，我可以自信地告訴你，國文讓我擁有分析文本的能力，從此，我不管是讀書、聽演講、看電影，都不再是湊熱鬧，而是看門道，還能講出一番道理。

自己的領空，要自己捍衛。

33 詹姆斯·萊恩哈佛演說

用「提問」調味的知識，比較香！

最近有一篇演講非常紅，紅到我的臉書都被洗版了，那就是詹姆斯·萊恩在哈佛大學畢業典禮的演講。

詹姆斯·萊恩是誰呢？他是哈佛大學教育學院的院長。這篇演講到底講什麼呢？為何造成網路上這麼大的轟動和瘋傳？

詹姆斯·萊恩在演講中提到，每個人都要學會問「5＋1」個人生重要問題。

這五個問題分別是：

「等等，你說什麼？」

「我想知道……」

「至少，我們是不是能夠……」

「我能夠幫什麼忙？」

「真正重要的是什麼？」

那＋1呢？先別急，晚點再揭曉。

好的，到目前為止，你從這五個問題之中看出什麼端倪了嗎？

在什麼樣的狀況下，你會說出「等等，你說什麼」呢？

「你等下記得把家裡打掃乾淨。」「等等，你說什麼？」

「那麼，這次的合作案就這麼確定了。」「等等，你說什麼？」

也就是說，當你不太確定對方的要求時，你會這麼問，請對方重複說明或是進一步解釋。因此，這個問句其實可以提醒我們慢下來，確定自己是否真的了解。

登登登！這就是詹姆斯・萊恩這篇演講最厲害的地方。他其實想告訴你五個人生道理，但卻巧妙地包裝在五個問句之中。

「等等，你說什麼？」是所有了解的根源。

「我想知道……」是所有好奇心的核心。

「至少，我們是不是能夠……」是所有進展的開始。

「我能夠幫什麼忙？」是所有良好關係的基礎。

「真正重要的是什麼？」能幫助我們找到生命的核心。

換個角度來看，若是詹姆斯．萊恩不用問句，而是直接說出答案，會變成怎麼樣？

「人生有五件最重要的事，第一，任何事要確實了解。第二，要保持好奇心。第三，要放膽去嘗試。第四，要勇於幫助別人。第五，找到人生最重要的事。」

你聽了是不是覺得了無新意，就像是師長教條式的致詞呢？

這就是「提問的力量」，當我們被動地接受答案，我們就不會去思考；但當我們提出問題，腦袋就會開始搜尋可能的答案，那就是思考的開始。

另外，詹姆斯．萊恩這篇演講結構非常漂亮，他在談五個問題時都是遵循著同樣的套路：「論點」＋「好處」＋「例證」，再來看一個例子，比方人生問題。

「論點」：第二個問題是「我想知道為什麼？」。

「好處」：當你這麼問，就能保有對這世界的好奇心。

「例證」：我想知道為什麼學校仍有種族隔離的問題？

我想知道是否我們能有所改變？

這個問句就像是一把鑰匙，世界是一扇一扇的門，你只有問對問題，用對鑰匙，才會看見門後的真相與風景。

比方說第三個人生問題。

「論點」：第三個問題是「至少，我們是不是能夠……」。

「好處」：這個問題能使你突破關卡，使你與別人化解歧見，達成共識。

「例證」：至少，我們是不是都同意我們關心學生，即使我們對教育方針有不同的意見。

這個問句重點不是在發問，而是在擴大彼此的交集，是一個被包裝成問句的共識潤滑劑。

好，至於＋1是什麼？

那就是當你學會問那五個問題後，才會開啟的人生加分題：「你是否已了無遺憾？」

它其實就是包裝成問句的總結，當你從五個問題中滿足好奇、勇於嘗試、化解衝突、幫助別人、找到方向，你就能得到人生最可貴的珍藏：「被愛」，那也正是我們一輩子在人海中所追尋的。

這是詹姆斯．萊恩第三次的畢業演講，第一次的主題是「時間」，談的是不該浪費時間害怕。第二次的主題是「忽略之罪」，談的是忽略罪行比犯罪造成更大的傷害。

對於詹姆斯．萊恩來說，每一次的畢業演講都讓他傷透腦筋，因為他不斷在思考如何找出獨特的角度，傳遞真正重要的觀念，給這群即將展開新旅程的畢業生。

當然，他的一切努力都是值得的，如雷的掌聲不夠，畢業生竟紛紛站起來，向他致上最高的敬意。

重要的不是詹姆斯・萊恩給了我們什麼人生解答，而是告訴我們，抱著源源不絕的問題去探索人生，才能得到你要的答案。

就像是愛因斯坦那句名言：「如果我有一個小時來拯救世界，我會利用五十五分鐘來想問題，再利用最後五分鐘來想解答。」

生命最重要的不在於拚命地找答案，而是在於好奇地問問題。

34 蔡宗翰TED演說

這是我看過最厲害的防火知識宣導，沒有之一

你一定聽過很多宣導演講，不管是防火、防震、防詐騙，但是說實在，你記得多少呢？又或者，你就是教育宣導的講者。

事實上，宣導演講多半吃力不討好，台上講者講得很賣力，台下聽眾也聊得很賣力。為什麼？

一來這類主題嚴肅，二來這已是例行公事，講者不得不講，聽者不得不聽。

但是，消防員蔡宗翰這場ＴＥＤ演說，絕對是防火宣導演講的經典教科書，入情、入理、入心。

這是我看過最厲害的消防宣導，沒有之一。

一、故事引渡：讓聽眾與你同悲

很多人常常為了取信聽眾，會搬出大量數據，精準，卻無感。不信，你比較看看下面兩個說法，哪種你比較有感覺？

說法一：

民國一〇五年火災次數為一千八百五十六次，造成一百六十九人死亡、兩百六十一人受傷。

另外，火災造成的財物損失高達四億五千八百三十一萬元，如何做好火災的預防工作，是一門重要的課題。

說法二：

大家還記得幾個月前，桃園保齡球館大火嗎？

消防人員前往救災，其中，有六個消防弟兄受困。一個多小時後，他們的遺體被抬了出來。所有人強忍悲痛，看著永遠離開的同伴，一語不發。

第一種說法很精確，但你不會太有感覺，因為它只是一連串的數據。但第二種說法你就很有感，你雖然沒在現場，卻彷彿看見那六位打火英雄衝入火場，最後因公殉職，而所有人難過到說不出話來。

是的，第二種說法就是蔡宗翰的演說開頭。用一個真實的火災悲劇引渡你的情緒，心痛過，才會對議題有感。

二、顛覆認知：讓聽眾豁然開朗

教育宣導的目的是「傳播知識」給聽眾，但是這很難，因為資訊爆炸，每天都有太多新觀念要記。怎麼樣的資訊容易被記住呢？就是「打破你既定認知的新觀念」。

蔡宗翰深知這個道理，所以他巧妙地用了「顛覆認知」，讓你忘不掉。我們來看看蔡宗翰怎麼說：「我們現在來模擬三個情境。

第一，遇到火警你知道要躲進浴室避難的請舉手；

第二，你知道遇到火警不能向下，要向上跑的請舉手；

第三，你知道遭遇濃煙時要用濕毛巾摀住口鼻逃生的請舉手。

好的，如果剛才那三題你都有舉手的話，那我要告訴你：『你死定了！』」

看到了嗎？現場聽眾一片譁然。

人在被顛覆認知那一刻，印象會最深刻。這時，你再幫他植入新的觀念，他就會牢牢記住。

他們腦海裡會不斷地想：「為什麼呢？」

是啊！為什麼呢？而你要講的觀念就是他們想破頭的解藥。

為什麼不該躲浴室？因為塑膠門遇火會融化，大量濃煙進入會造成窒息死亡。

為什麼不該往上跑？因為煙的上升速度比人快。

為什麼不能用濕毛巾？因為濕毛巾擋不住濃煙中的毒氣。

什麼才是最好的做法呢？八字口訣：小火快逃，大火關門。

這下，你是不是都記住了呢？

三、道具植入：讓聽眾永生難忘

有個細節不知道你有沒有注意，一開始講台上有樣物件用布蓋著，後來講者才把布揭開。

原來，裡面是頂消防帽。

這個道具使用非常有震撼力。

首先，講者在一開始就做了伏筆。他說：「多數罹難者都死於濃煙，但只有一種例外。」再來，他講完逃生觀念後，才揭開布，現出消防帽，這才告訴你：「殉職消防員是唯一例外。因為當人們拚命往外逃，他們拚命往裡面衝。桃園保齡球大火，六位消防弟兄，救人時遇到爆燃，被八百度的大火活活燒死。」

這時，你看到那頂消防帽會想到什麼？是不是想到那些罹難的消防弟兄呢？

蔡宗翰非常厲害，除了用民眾的角度告訴你該怎逃，也用了消防弟兄的視角，告訴你每個消防員背後都是一個家庭，他們出勤救災，也希望平安回家。

所以，有正確的逃生觀念，不只是自保，更是為打火英雄們著想。

現在，你同意我說，這是最厲害的消防宣導了嗎？

原來，教育宣導也是可以講得如此精采、如此動人。

｜影片連結｜

35 呂捷說歷史

別怨知識沒人聽，偷學呂捷怎麼說

常聽到有人抱怨，現在學生啊越來越不行，上課沒在聽，哪像我們當年啊……

欸，或許你說得沒錯，但於事無補啊啊啊！

要嘛，你坐時光機，回去。

要嘛，你練講課術，進化。

哪一個容易？

在沒有哆啦A夢的狀況下，應該是後者容易多了吧！

好，怎麼學？

大量看段子、脫口秀、補教術，你會發現，他們都有一個共通點：全程無尿點。

因為他們必須經歷嚴苛的市場考驗，不好笑就滾蛋，自然練就他們隨口丟哏的功力。若你渴望降低課堂陣亡率，就趕快研究這些哏王的說話模式。

呂捷是歷史補教名師，當年以「水肥鎮暴」和「說三國」影片爆紅，後來出書、演說、上節目，名利雙收。《三國演義》你一定看過，但如何說到比演的還精采，就考驗你的功力了。我們來看看呂捷怎麼玩哏。

一、類比妙喻

擅長玩哏的人，「妙喻」是基本功。拿兩個看似不搭嘎的事串連，就能戳中聽眾的笑點。

如果要形容劉備的軍隊很弱，你會怎麼說？正常的思路都是成語反射，潰不成軍、寡不敵眾、土崩瓦解……但這樣說超無聊，完全無法吸引聽眾注意力。

你看呂捷怎麼說：「劉備的軍隊是常常被沖散的，你知道我怎麼形容嗎？即溶奶粉，噗呼一下就沒了。」

軍隊和奶粉八竿子打不上關係，呂捷硬是找到「沖散」當橋樑，讓哏順利過橋！

二、污染話題

這招很好用，但尺度要自行拿捏。說話無聊的原因，是因為太規矩，哏王都明白這道理，所以他們會刻意打破規矩，讓聽眾小小解放一下。污染有兩招：「染黃」或「染黑」，染黃指遐想和情色，染黑指髒話和吐槽。

當呂捷講到曹操對關羽很好，他這麼說：「曹操送黃金、美女給關羽，有沒有打動關羽的芳心？啊，不是，是忠心。」

「沒想到，關羽拿了黃金，喏，給嫂嫂用；得到美女，喏，給嫂嫂用。你們在亂想什麼啦！我是說讓美女服侍嫂嫂啦！」

你看，這就是污染話題，照原先的講法很無聊，所以你要想辦法讓聽眾想歪，再糾正回來。

歪掉那瞬間，笑點就擠出來了。

三、曲解造哏

講故事要有趣，一定要懂得瞎說。如同《三國演義》寫法：「七分真實，三分虛構」，瞎說就是用「曲解」來造哏。這招關鍵在於帶入「現代詮釋」，讓古人與現今聽眾接軌。

好比說，講到關羽正要上戰場時，曹操溫了一杯酒給關羽，關羽拒絕了。

《三國演義》關羽的理由是：「酒先放著，我斬了敵人就回來喝。」代表關羽自信爆表啊！勇猛啊！

那呂捷怎麼說：「關羽比出了五根手指說：喝酒不騎馬，騎馬不喝酒。」

哈哈哈哈哈，最好是啦！但很好笑，因為關羽跟你更近了。

像是講到關羽斬了顏良和文醜，袁紹的軍隊在後面追啊追，關羽騎著赤兔馬在前面跑啊跑。

呂捷這麼說：「這時，關羽停下了馬，往後怒瞪，追兵嚇得一動也不敢動；於是關羽繼續騎，追兵又繼續追；一瞪、一停、一跑、一瞪、一停……後來有個遊戲就是這麼來的，叫做：一二三，木頭人。」

哈哈哈哈哈！你明知道他在胡說，但嘴角卻還是失守了。

現在知道為什麼呂捷渾身是哏了吧？說故事，是需要帶一點離經叛道的。

遊走在虛實、穿梭於真假，站上台，你說的算，只要聽眾沒倒，都算你贏。

CHAPTER 6

非語言表達的演說奇招

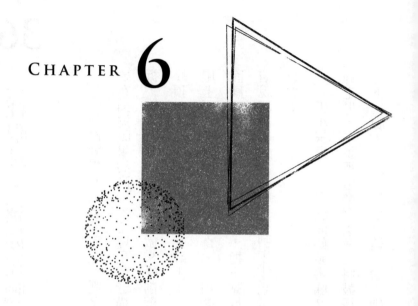

36 三種眼神，讓你在聽眾心裡無所不在

你聽過劉鶚的《老殘遊記》吧？裡面有一篇在寫〈明湖居聽書〉，主要在描述說書的高妙。這篇是聲音描寫的極致，比方他形容王小玉音調轉折，是這麼寫的：「初看傲來峰削壁千仞，以為上與天通；及至翻到傲來峰頂，才見扇子崖更在傲來峰上；及至翻到扇子崖，又見南天門更在扇子崖上；愈翻愈險，愈險愈奇。」用翻山越嶺的視覺化，讓你感受聽覺的畫面感。過去我在讀這篇時，把焦點放在聲音的變化。可是後來當我醉心於演說培訓後，我反而注意到王小玉說書裡一個大家都忽略的細節，那就是：眼神！

王小玉是一登場就開始說書嗎？不是！她做了一件很重要的事：用眼神定場。小說裡這麼寫：「又將鼓槌子輕輕地點了兩下，方抬起頭來，向臺下一盼。」這不只是單純一看，她用眼神做非語言表達，傳遞出她的魅

力。那麼聽眾從她眼神感受到什麼呢？小說接著寫：「那雙眼睛，如秋水，如寒星，如寶珠，如白水銀裏頭養著兩丸黑水銀。」你注意到了嗎？王小玉還沒開始說書呢，可聽眾全感受到她的眼裡有光、自信十足。

那麼，這樣一看的效果如何呢？請注意劉鶚怎麼寫：「左右一顧一看，連那坐在遠遠牆角子裏的人都覺得王小玉看見我了；那坐得近的更不必說。就這一眼，滿園子裏便鴉雀無聲，比皇帝出來還要靜悄得多呢！連一根針跌在地下都聽得見響。」你看，所有聽眾彷彿都覺得自己被王小玉關注了，自然而然放下手邊的事，聚精會神準備聽她說書。這就是眼神的重要性，幫你抓住聽眾的注意力！

但是，我知道多數人對眼神的困擾有兩個：第一個是場地太大，不知道要看哪裡？第二個是盯著聽眾看，感覺很尷尬。沒問題，別擔心！記住我接下來提的眼神技巧，絕對能幫助你一看入心！

第一，開場時用「Z形眼神」掃視全場。

我高中參加的是辯論社，還記得剛加入時，學長幫我們做訓練。其中有一個基礎訓練叫做「問好」。學長要我們一站上台，別急著開口說話，先用眼神掃視全場，再接著問好，非常有氣勢地說出：「各位評審、對方辯友，以及在場所有聽眾朋友大家好！」辯論非常吃臨場反應，上場前難免會緊張。可是很神奇，每當我用眼神先掃視全場後，心裡會安定不少。

我把這套方法稱為「Z形眼神」。當你上台演說時，別急著開口，把你的眼神投向左後方，然後平移到右後方；接著把眼神拉向左下方，然後緩緩移動到右下方。想像自己的頭，在聽眾席畫了一個大大的Z。在聽眾的視角裡，他會覺得自己被你看見了。聽眾一旦覺得自己被注意到，自然會更投入你的演說。

而你在進行「Z形眼神」掃視時，記住，不要太快，最好五秒左右。你掃視太快感覺像例行公事，五秒這段留白時間，剛好是聽眾能聚焦在你身上，也能創造出你不急不徐的穩重感。

第二，演說時，用「三角形眼神」分區關照。

當你開始演說時，就可以改成用「三角形眼神」。三點分別是聽眾席最後排，以及最前排左右兩側。通常我眼神的順序是：最後排↓左前排↓右前排↓最後排↓依此類推。這樣做的好處在於分區關照，跟各區聽眾建立起眼神的連結，每一區眼神停留的時間大約三十秒到六十秒左右。切記眼神不要轉移太快，我早期演說就有這個毛病，後來看錄影回放，發現自己整場演說都在搖頭晃腦，身體也搖擺不定。我以為自己在用眼神照顧全場，但過快的眼神轉移，反而會讓你看起來很飄忽不定，不夠沉穩。

第三，講到關鍵點，用「凝視眼神」看一個聽眾。

很多人演說不敢看聽眾，原因是怕看到聽眾滑手機或是面露不耐、雙手抱胸，反而影響自己演說的情緒，所以寧可避免跟聽眾眼神四目交接。當然，我能理解這種不安，但越是這樣，你反而越要出擊，主動凝視聽眾。

你回想一下學生時代，有時上課不小心分神一下，結果發現老師好像在看你。你是不是抖了一下，馬上回過神來。記住，在台上的講者，永遠握有主導權，而你的眼神，決定你對主導權的掌控。

什麼時候要凝視聽眾？我的建議是：「講到關鍵點，徵詢聽眾是否認同時，用凝視眼神看著一位聽眾的眼睛。」舉一個我演說的片段：「各位，如果你有想要完成的夢想，最好的方式不是空想，而是刷下夢想信用卡。先大聲對外宣稱，讓大家信以為真，讓自己沒退路，只能努力讓夢想成真。你說對吧？（看向一位聽眾）」

有沒有注意到，「夢想信用卡」這個價值觀，是我要說的關鍵點。我講完後立刻接一句「你說對吧？」來爭取聽眾認同。同時，眼神馬上凝視一位聽眾，等待他的反應。我跟你說，十之八九這位聽眾，一定會點頭。一來因為你講得很好，二來因為不點頭會很尷尬，哈哈哈！

只要一位聽眾點頭，這時我就會接著說：「剛我看到這位聽眾，頭點得特別用力，顯然很認同我的說法。」千萬別小看這個動作，每當我這麼一說，根據從眾效應，其他聽眾也會情不自禁地跟著點頭認同。這下你總算知道「凝視眼神」的威力了吧！

有句話說：「眼睛是靈魂之窗！」厲害的演說高手深諳此道，知道不管自己的演說內容再精采、演說風景再美，只要聽眾的窗戶沒打開，一切就白搭。所以他會透過「Z形眼神」掃視全場，再用「三角形眼神」分區聽眾，最後用「凝視眼神」敲聽眾的窗。終於，窗子開了，你的演說成為聽眾最美的風景。

▼37 四種手勢，讓你的演講自帶氣場！

世界級演說家戴文杰有次演講時，請聽眾照著指令做動作，他下的指令是：「把食指放到下巴上！」但同時文杰自己卻把食指放到臉頰上。接著他請聽眾維持動作，看看左右。結果大家發現，多數人都是把食指放到臉頰上，可是明明講者的指令是把手指放到下巴上啊！這到底是怎麼一回事？

原來，文杰在證明一件事，人類大腦在解讀執行聽到的話之前，會先潛意識地模仿講者的肢體動作。我們說話的內容，是屬於「語言溝通」；但是要強化我們的說服力，必須加上「非語言溝通」，包括手勢、眼神、走位等。

你知道自己演說時的習慣動作嗎？可能從沒注意過，對吧！我非常建議你，請人錄一段你演說時的影片，然後請你仔細觀察自己的動作，有沒有搭配到你的演說內容，還是純粹只是無意識的比劃。這非常重要，因為我在訓練學員演說表達時，會發現多數最常做的一個動作是：「單手不斷畫圈」，像是在玩 switch 遊戲機，搖動手把那樣。這時，我會好奇地問他說：「我注意到你在台上說話時，手會不停地畫圈，這個動作的意義是什麼？」結果，往往學員也說不上來，甚至沒意識到自己會這樣做。

其實，很多人演說時的手勢，並不是為了強化舞台魅力，而是為了舒緩自己的緊張。但手勢真正的目的，是為了搭配你的演說內容，強化說服力！記住手勢的三個口訣：「大、力、穩。」

首先，手勢要大。因為你是公開演說，不是朋友閒聊。聽眾離你有的近有的遠，你的手勢要確保最遠的聽眾也能看得見。

其次，手勢要有力。你可以把他想成在打鼓，鼓棒打下去，既有力量，又有節奏。有力的手勢一比下去，就像鼓棒敲在聽眾心上，讓你的話隨著手勢咚──咚──咚地迴盪在聽眾心裡。

最後，手勢要穩。手勢不是越多越好，當你手勢太多，容易過於細碎，聽眾還沒感受到，你馬上又換了，反而有一種輕浮感。所以寧可把一個手勢做穩，不要太快，也不要太多。

在了解手勢的基本原則後，那麼，演說中有哪些常見的手勢呢？

第一種・飛吻手勢

看過電影裡的飛吻動作吧！女主角把手放嘴邊，發出ㄇㄨㄚ的一聲，然後右手順勢把這個吻往外飛拋，男主角樂不可支。回到演說裡，我把這稱之為「飛吻手勢」，不過不是從嘴巴給，而是從胸口給。你先把右手或左上放在胸口，然後順勢做出一個往外拋的動作，想像自己把真心送給聽眾。這個動作，很適合你講到「關鍵重點」時做。

來，給你一段台詞，練習看看：「所以，你要追求的不是完美，因為完美很可能只是你拖延不做的藉口。你要追求的是：『完成』。（飛吻手勢）因為那代表你真的付出行動了！」

第二種：數字手勢

當你的演說內容，有條列或步驟時，記住，講到哪一點，就用手比出對應數字。比的位置，要在肩膀之上，看起來才醒目。你用這段台詞練習看看：「那麼，要怎麼樣做好時間管理呢？第一，擬定待辦清單（數字手勢比1）；第二，分析輕重緩急（數字手勢比2）；第三，把要事先做完（數字手勢比3）！」

第三種：指地手勢

當你演講需要樹立權威感，「指地手勢」就非常好用了！把手指向地面，上下擺動，像要把地面戳出個洞似的力道。這個手勢，也很適合強調此時此刻此地，讓聽眾感受到迫切感。給你一段台詞演練：「各位，有句話說，種一棵樹最好的時間是十年前，其次，是現在（指地手勢）。如果你渴望成功，那麼不要等待，回去之後立刻展開行動（指地手勢）！」

第四種・邀請手勢

演說最後的目的是希望聽眾採取行動，這時候你需要用到「邀請手勢」。方法是攤開手掌，雙手由內而外伸，身體同時微微前傾。這樣可以傳遞出你的誠意和親切感，是一種魅力型的手勢。馬上讓你練習看看：「我相信講到這裡，你一定熱血沸騰，迫不及待想要開始寫作了。那麼，我要邀請你，回去後開始做一件事（邀請手勢），那就是每天至少寫兩百字的文章，並發表在網路上。」

當然，以上四種是演說常見的手勢，但不意味著你非這麼做不可。因為每個人的特質不同，如果這四種你做起來覺得彆扭，沒關係，還有一種做法你參考看看，就是上網找演說影片，如果那個講者的風格你喜歡，你可以試著邊看影片，邊模仿他的手勢。久而久之，這個手勢會內化到你的表達中。把手勢練好，你會發現此後，自己一站上台，舉手投足，淨是風采！

38 六招應對緊張，讓你自信開講

有次演講結束後，有位聽眾跑來告訴我：「歐陽老師，你的演講好精采，我也好想像你一樣，站上台都不會緊張，從容自在……」「等一下！你怎麼能確認我都不會緊張呢？」我忍不住打斷他。「歐陽老師，難道你演講也會緊張嗎？看不出來啊！我還想問老師要怎麼克服緊張呢？」

對，如果針對演說表達這個主題開放提問，「如何克服緊張」絕對是問題榜上的前三名！但是你知道嗎？基本上會這麼問的人，注定被緊張糾纏一輩子。為什麼？因為緊張從來不是拿來克服的，你要做的，是學會「與緊張共處」。

關於上台緊張怎麼辦？我提供給你六個方法，記好囉！

第一，別把緊張當敵人，緊張是因為你在乎。

我之所以不說「克服緊張」，是因為用詞會決定你對事情的看法。當你用「克服」這個詞，就表示你視緊張為敵人，認為它會阻礙你的表現。但同時，你又捉摸不定這個無形、無色、無相的敵人，因此當你越想克服它，你反而越感覺到自己的無能為力。

所以你必須換個框架來看待緊張，這個框架叫做「緊張是因為你在乎」。如果不在乎，你不會這麼有勇氣自願上台；如果不在乎，你不會這麼認真準備演講。所以緊張不是敵人，它是提醒你「凡事在乎」的朋友。如果有一天，你發現自己不會緊張了，那你反而要害怕，因為很有可能，你已經習以為常到不在乎這場演講了。

第二，別把聽眾當西瓜，你沒那麼有想像力。

我最常聽到一種克服緊張的方式，叫做「把聽眾想成是西瓜」。我還真的試了，在台上努力把他們想成西瓜，結果發現我沒那麼有想像力。就算你真的把他們想成西瓜了，可你有看過會笑、會哭、會講話的西瓜嗎？我頂多在卡通《中華一番》，看過鋼棍解師傅做出會笑的包子，還沒看過會笑的西瓜啊！

總而言之，我要告訴你的是，別再用這招折磨自己了。你不是果農，他們也不是西瓜。而且真的對西瓜演講，你只會越講越沒勁。

第三，你忘不掉九九乘法，那怎會緊張到忘詞？

你為什麼會擔心緊張？因為緊張會讓你忘詞對吧！如果是這樣，來，考考你：「8乘4等於多少？」「32！」「那7乘9等於多少？」「63！」這就對了，為什麼你九九乘法就不會忘記呢？因為你夠熟！

也就是說，與緊張共處最好的方法，就是「熟練」。如果是可以提前準備的演講，你要在家反覆練習，或試講給親人朋友聽。要熟練到什麼程度？我自己的標準，是如果有簡報的話，我會熟到背下「簡報的順序和內容」。

那如果是無法提前準備的演講呢？好比主管請你表達看法，還是「熟練」兩個字。首先，你要常主動表達看法，讓大家習慣你表達的人設。你想想，通常怎樣會最緊張？一定是別人習慣你不講話，突然你被點到，大家把注意力全放在你身上。所以只要你習慣性表達，就算被點到也能比較從容。其次，多記幾種「表達架構」，像是金字塔架構、三層收納櫃、黃金圈架構等，可以幫助你在面對即席表達時，迅速整理想法並組織。

第四，吹個口哨緩和緊張，練習放鬆。

這招是知名講師謝文憲（憲哥）教的，他在《說出影響力》書中分享了一個小故事，有次他學高爾夫球，教練教他揮桿，調整姿勢。但憲哥因為身體僵硬，一直做不好。教練問他是不是因為緊張，憲哥說不會啊！教練請憲哥邊做動作邊吹口哨，結果原本會吹口哨的憲哥，這時卻吹不出來了。

所以憲哥說，在準備上台表達前，先試著吹個口哨看看，如果吹不出來，那就代表你還太緊張。試著多做幾次深呼吸、舒展一下筋骨，等口哨吹得出來了，那麼你的狀態也調整好了！

第五，擺出「權力姿勢」，讓自信湧現。

哈佛大學艾美．柯蒂教授研究發現，只要做某些動作，竟然可以刺激分泌帶來力量的荷爾蒙。我們都知道，心理影響生理，但反過來說，生理同樣也可以影響心理。她把這個實驗成果，寫成《姿勢決定你是誰》這本書，當你上台前很緊張時，你可以做這幾個動作：

1. 讓肩膀向後，胸腔開展。
2. 抬起下巴，但不要高到像用鼻子瞪人。
3. 四處走動，讓自己占據空間。
4. 多做開放式的手勢，像是伸出手臂、手心向上。
5. 假裝自己是超人，挺起胸，雙手扠腰。

你看過紐西蘭的橄欖球隊比賽嗎？他們在賽前，一定會跳「戰舞」。跳的時候，表情猙獰，彷彿要吞噬對手；動作威猛，就像要撕裂對手。這就是一種「權力姿勢」的運用啊！

第六，為自己設定一套「招牌動作」。

你看過拳擊賽嗎？拳擊手上場前，會左右擺頭、手指彎曲，讓肩頸、指節喀喀作響；再用雙手用力拍拍自己的臉，進入戰鬥狀態。每次看到這些動作，我也跟著熱血沸騰起來！所以後來，我把他變成演講上台前的「招牌動作」。

當緊張向我襲來時，我會像拳擊手一樣，先做一口深呼吸、微微跳動、讓手腳抖動放鬆；緊接著左右擺頭、十指彎曲；對空氣揮個幾拳。告訴自己：「來吧！上場戰鬥了！」很神奇，當我一做這套招牌動作後，心裡就會踏實起來，像真的要上擂台打拳擊般熱血！

所以，你可以試著回想一下，你喜歡的運動或賽事。讓自己化身運動選手，設定一套招牌動作。上場前，找個地方盡情揮舞擺動，你會發現，緊張竟不告而別了。

其實，直到現在我每年上百場演講，就算演講內容我很熟了，我還是會緊張，但我很享受緊張的感覺。因為我知道，那代表我在乎聽眾，然後我會更賣力地講！所以，試著跟緊張共處，別再想著如何克服緊張，相信你在台上，會有截然不同的改變！

39

普仁羅華演說

善用「留白」，讓氣氛飛一會兒！

我們常常用「口若懸河」來稱讚一個人口才好，基本上滔滔不絕可以稱得上有好口才，但距離好的演說者還有一小段距離。

為什麼？因為他缺了一門演說中很重要的技術，那就是「留白」。

事實上，滔滔不絕是一個講者的詛咒，因為他會下意識認為，把每分每秒完美填滿才代表扎實，所以不斷催油門，把所有順口溜、名言錦句展現出來，但是，卻忽略了留給聽眾喘息和理解的時間。

我自己也常犯這樣的毛病，因為對內容有信心、夠熟練，所以不自覺地加快節奏，以為聽眾都能跟得上。但後來發現，有時講到笑點聽眾來不及笑、哭點聽眾來不及掉淚，就是因為沒有充分製造「留白」的時間。

這部演說影片，就是最好的「留白」示範。

先談談什麼是留白，簡單來說，就是說話時，句與句之間的停頓。

很多人誤以為留白就是忘詞，講滿才是王道，但是錯了，留白才是一位講者自信的展現，因為他深深明白讓氣氛飛一會兒的重要。

世界級演說家普仁羅華，是我見過最懂得掌控留白的大師，他在網路上有一段瘋傳的演說影片，主要在談「你操練什麼，就得到什麼」。

我用他這段演說，來跟你分析如何運用留白。

一、短留白

短留白用於描述故事，在句與句之間使用，時間大概是一秒，目的在於讓聽眾有時間理解故事脈絡。

你看，這位講者一開始說了一個「賣油翁」的故事，我們來試著從中觀察他的短留白在哪：

「有一位射箭的人來到鎮上展示他的才能【短留白】，他是神射手，一箭接一箭，都正中靶心【短留白】。有一個人，他沒有喝采，只說道『這只是熟能生巧罷了』（*3）【短留白】。」

這樣的短留白為聽眾爭取到理解故事的時間，而講者同時藉由這個留白，讓眼神與聽眾對視，抓住每一位聽眾的目光。

二、長留白

長留白用於講述道理，尤其在帶出深刻寓意時，時間約二—三秒，目的在於讓聽眾咀嚼玩味你的道理，進而深感認同。

這位講者在講完「賣油翁」的故事後，準備帶出他想表達的道理，我們來觀察他怎麼運用長留白：

首先，講者先從故事轉入寓意，「我講這個故事的用意何在？【長留白：讓聽眾思考】接下來的問題是：你練習什麼？【長留白：讓聽眾省思】因為無論你練習什麼，你一定會精通它。【長留白：讓聽眾理解】」

再來，講者從兩個反面例子切入，「如果你練習詐騙，你就會精通詐騙【長留白】；如果你練習抱怨，你就會精通抱怨，你可以抱怨每一件事，想都不用想【長留白】。」

最後，講者以正面的行動呼籲作結，「假如你在生命裡練習和平，你就會精通和平【長留白】。你會非常精通的【長留白】。假如你在生命裡練習快樂，你就會非常精通快樂【長留白】。假如你練習認識自己，你就會非常非常精通認識自己【長留白】。」

長留白的藝術就在於利用那二到三秒的沉默，製造說理的餘韻，這份餘韻其實就是你話語的尾勁，只是它需要時間才能動耳入心。

然而我們常常太害怕這份沉默，總是想盡辦法填補它，反而錯失了拉出話語的尾勁的機會。

演說中的留白，就像是中國山水畫的留白，不加底色，利用黑白的疏密聚散為整幅畫布局，反而形成一種意境之美。

如果你已經口若懸河，恭喜你贏過百分之九十的人；若想要再超越前面那百分之十的高手，那就要鍛鍊「留白的技術」，你會發現，此時無聲勝有聲。別急，就讓氣氛飛一會兒吧！

｜影片連結｜

40 比爾・蓋茲演說

「製造體驗」，創造演說的魔幻時刻

每個演講者都有他專屬的獨門絕招，賈伯斯擅長說故事、博恩擅長作類比、馬雲擅長講金句，這些都是透過口語表達的技術來呈現。還有什麼方式，可以讓你的演說內容被聽眾牢牢記住呢？

有的，或許你可以從比爾・蓋茲身上偷走這個絕招。

比爾・蓋茲的獨門絕招就是「製造體驗」。所謂的製造體驗，就是透過特殊活動設計，打破聽眾的預期，帶來體驗上的衝擊。從此，你想傳達的觀念，聽眾想忘也忘不掉了。

我們來看看比爾・蓋茲怎麼設計。

他在TED演講，想傳達「蚊子造成瘧疾的嚴重性」。

好，請你做個冥想練習，如果是你，你會怎麼說？

多數人會舉出數據來論證瘧疾造成多少人死亡，由此可見瘧疾有多麼恐怖。

這是一個方法，但數據太理性，不見得能讓每個人感同身受。

那比爾．蓋茲怎麼做呢？他先告訴聽眾：「瘧疾每年奪走數百萬的人命，在瘧疾流行的區域，經濟是沒有辦法發展的，因為它帶來太多阻礙了。」這個部分屬於理性陳述，有數據、有推論，但是對生於先進國家的聽眾們，瘧疾離他們實在太過遙遠。

但是，比爾．蓋茲接下來的舉動卻讓全世界都驚呆了。「瘧疾是透過蚊子傳播的，今天我有帶來一些蚊子，我要讓牠們在禮堂到處飛，沒道理只有窮人才要忍受這種體驗。」他一邊說，便一邊把桌上的容器打開，蚊子瞬間飛了出來。

這招太厲害了！

當你告訴大家瘧疾很可怕，大家能理解，但不能同理；可是當你把蚊子放出來，即便蚊子沒有帶原，大家也會瞬間感受到瘧疾離自己很近，這就是「製造體驗」。

「製造體驗」這招非常適合用在一些比較嚴肅的講題，像是環境、衛生、和平等重大議題。

在一九八〇年代，美蘇兩國持續軍備競賽，有一個叫做「超越戰爭」的民間組織，希望透過演講讓大家正視核武問題。

其中，有位講者傑夫．恩斯科，他就用了「製造體驗」這一招來呈現：恩斯科演講到一半，會拿出一個金屬水桶，接著從口袋拿出一顆 BB 槍的塑膠子彈，丟到水桶裡，水桶發出「哐」的一聲。

恩斯科告訴大家：「這是那顆廣島原子彈。」

接著，恩斯科往桶子丟下十顆子彈，桶子發出「哐啷哐啷」的聲響，恩斯科解釋：「這只是僅僅一艘美國或蘇聯核子潛艇上的飛彈火力。」

最後，他請所有聽眾把眼睛閉上，然後告訴他們：「這是全世界目前所有核子武器的總和。」緊接著，他把五千顆子彈全部倒進桶子裡：「哐啷哐啷哐啷……」桶子發出巨大的聲響，持續不斷，聽來十分駭人。

恩斯科告訴聽眾：「就如你們聽到的，爆炸聲持續不斷，最後世界歸於死寂。」

全場聽眾無不震撼，恩斯科只靠金屬水桶和ＢＢ槍子彈，就讓所有人理解軍備競賽的可怕，以及對核武危機感同身受。

這就是「製造體驗」的強大威力。

如果你不是這麼善於說故事、作類比、講金句，沒關係，現在你多了一項新選擇，那就是用你的創意「製造體驗」。只要幾個簡單的小道具，就可以讓嚴肅的概念瞬間生動，聽眾也許不記得你說過什麼，但他們會永遠記得，你在他們生命中，曾經創造這麼一個「魔幻時刻」。

國家圖書館出版品預行編目資料

演說高手都是這樣練的：歐陽立中的 40 堂魅力演說課 / 歐陽立中著 . -- 初版 . -- 臺北市：平安文化有限公司 , 2021.10 面；公分 . --（平安叢書；第 696 種）（溝通句典；53）

ISBN 978-986-5596-40-8(平裝)

1. 演說術

811.9 110014093

平安叢書第 696 種

溝通句典｜53

演說高手都是這樣練的

歐陽立中的40堂魅力演說課

作　　者—歐陽立中
發 行 人—平雲
出版發行—平安文化有限公司
台北市敦化北路 120 巷 50 號
電話◎ 02-27168888
郵撥帳號◎ 18420815 號
皇冠出版社（香港）有限公司
香港銅鑼灣道 180 號百樂商業中心
19 字樓 1903 室
電話◎ 2529-1778　傳真◎ 2527-0904
總 編 輯—許婷婷
執行主編—平　靜
責任編輯—黃雅群
內頁設計—李偉涵
著作完成日期— 2021 年 7 月
初版一刷日期— 2021 年 10 月
初版三刷日期— 2022 年 4 月
法律顧問—王惠光律師

讀者服務傳真專線◎ 02-27150507
電腦編號◎ 342053
ISBN ◎ 978-986-5596-40-8
Printed in Taiwan
本書定價◎新台幣 320 元 / 港幣 107 元